Fan
ファン文庫

黒手毬珈琲館に灯はともる

優しい雨と、オレンジ・カプチーノ

著　澤ノ倉クナリ

マイナビ出版

——どうして、黒手毬珈琲館っていうんですか？

あの毬、赤いですよね。

「ええ。黒い手毬、ということではなくて、黒と手毬、という意味なんです」

——黒と手毬？

「マスターがここを始めたときの、決意といいますか、誓いのようなものだそうです。つまり……」

Contents

In black Temari coffeehouse Light is lit up.

黒《くろ》手《て》毬《まり》珈琲館に灯はともる

優しい雨と、オレンジ・カプチーノ

In black Temari coffeehouse Light is lit up.

澤ノ倉クナリ

Kunari Sawanokura

自分で決めた、その場所で

朝、会社のビルの自動ドアの前に立つと、見えない壁に押さえつけられるように、足が動かなくなる。

息を大きく吸う。長く長く吐き出す。

首元が汗ばんでいる。でも、気付かないふり。

大丈夫。怖くない。私が勝手に怯えているだけ。私さえしっかりしていれば、克服できる。

表の国道を歩く人たちは怪《け》訝《げん》な顔をしているかもしれない。毎朝のことではあるのだけれど、そのつど味わう情けなさに慣れることはなかった。この足を動かすべく目一杯に気力を奮い起こして、それでようやく今の私は人並みなのだということを、はっきりと自覚しているのが悲しい。

でも、私の内面は私にしか見えない。どんなに鬱々《うつうつ》としていても、それを表に出さず、とにかく手を動かして仕事を進めていれば、少なくとも周りの人たちからはまともな人材に見えるはずだ。

そうしていつか、私はその見た目どおりの私になる。他人と普通に接し、普通に話し、普通に会社の中で暮らす。

会社勤めをするいちばんの理由は、それだった。

そんなことを考えて立ち尽くしている私の横を、先輩や同期が「おお、おはよう水路《みずみち》」「おはよ、朝希《あさき》。なんでいっつも入口でドア睨《にら》んでんのよー」と笑いながら通り過ぎていく。私も慌てて、

「お、おはようございます」

とあいさつして自動ドアをくぐった。

短大を出た私が就職したのは、国内ではそれなりに有名な、大きな文具メーカーだった。就活中の私は、業種には特別こだわりはなかったけれど、会社の規模は一定以上の大きさのところばかりを選んでエントリーシートを出していた。

小規模の会社だと、社員一人ひとりの距離が近いイメージがあり、他人と距離を狭めて働くのが、怖かった。人と関わらなければ仕事なんてできないことくらいはわかっている。だからこんな怯えは、早く克服しなくてはいけない。それでも、アットホームな会社だと謳われれば謳われるほど、私にはハードルが高く見えたのだ。新卒であっても

就職難だという時代に、たとえ無謀と言われようと、大企業志向だと揶揄《やゆ》されようと、かまわなかった。

その必死さが功を奏したのか、思ったよりも早く内定はもらえた。とても嬉しくて、精一杯、私を迎え入れてくれた会社に尽くそうと思った。

配属された支店は事務所に八十人くらいの社員がいて、私は営業一課の事務員として商品の受発注を担当することになった。

一課の得意先はホームセンターが中心で、隣の二課は地域の卸売問屋や個人商店が主な顧客だ。売上については、会社のメイン顧客がホームセンターなので一課の方が大きかったけれど、二課は二課で細かい作業や取り決めが多く、忙しさはどちらも大差なかった。

最初はできることなどなにもなかったので、やや暇な日々が続いたけれど、五月を過ぎてそれなりに仕事を覚えてきた頃から、加速度的に忙しくなった。顧客からの注文をデータで受注し、それを自社の工場へ発注するのが主な業務だ。そう聞くと右から左へ情報を流すだけの楽な作業に思えるのだが、実際にはさまざまなフォローが必要で勤務中は気の休まる暇がない。

顧客が締め切りを守らなかったり、すでに取り扱いのなくなった商品の発注データが来たり、データの送受信でエラーが発生したり、大小さまざまなトラブルが毎日のように起きていた。

いや応なくそれらの対処法を身に付け、多少のトラブルでは動じなくなると、スムーズに仕事が回せるようになってきた。入社当時は足手まといでしかなかった自分が、ようやく少しは会社の役に立っているのではないかと思えたのは、九月を過ぎた頃だった。ちょっとずつだけれど、私の確認なしでは速やかに進行しない作業なども増えてきている。こういうことの積み重ねで、自信というのは付いてくるのかもしれない。

ある事情から少し気まずくなっている実家には、ワンルームのアパートでひとり暮らしを始めてからは寄りつかなくなっていた。ところが現金なもので、自分の仕事に手応えが出てくると誰かに話したくなり、まだまだ駆け出しの私のそんな話を聞いてくれるのは家族くらいだと思い、久しぶりに実家に顔を出す気になった。

残暑も厳しい日曜日、とくに土産も持たずに家のドアを開けると、母が、

「ああ、おかえり朝希」

と言いながらパタパタと出てきた。連絡は入れてあったので驚かれるようなこともなく、私は以前暮らしていた家に当たり前のように入り、以前と同じ味のお茶を台所のテー

ブルで母とすすった。

「お父さんは？」

「今日はお休みだけど、会社に用事があるって出かけていった。普通のアルバイトなんかよりずいぶんよくしてもらってるみたいよ。定年後の嘱託っていうのは、そういうもんなのかね」

「いろいろだと思うけど」

そんなことを話していたら、父が帰ってきた。台所を覗《のぞ》いて私の顔を見ると、

「おう」

と言って居間に行ってしまう。私が母にお茶のお代わりをもらいながら耳を澄ますと、父が居間で新聞を広げる音が聞こえた。

「お母さん、お兄ちゃんのお店はどう？」

「まだまだ開店休業みたいなもんよ。店だけあっても、本人はそれ以外の仕事の方が忙しくて出かけてることの方が多いんだから。売り物も置いてあるけど、もう事務所がほとんど寝床みたいなもんだね」

兄は、前に父が工務店をしていた自宅横の敷地に、家具のお店をひとりで立ちあげた。しかし小規模の小売店がそんなにすぐに軌道に乗るわけがないからと、以前からアシス

タントをしていた家具デザインの会社のデザイナーに仕事をもらって取り引き先を飛びまわっている。

「お母さんが事務とか売り子、やってあげればいいじゃない」

「外装も中もこざっぱりしてて、きれいな店なのよ。こんなおばちゃんが鎮座ましましてるわけにいかないでしょ。第一、あの子の扱ってる家具のことなんて、あたし、さっぱりわからないよ。社長様が常時不在の店の中にいれば、ただの事務だけじゃなくて接客もしなきゃならないんだから、若くて事務仕事もできてお客受けのいい可愛い子じゃないと」

言うだけならタダなので、言いたい放題である。

「じゃあ、今日もお兄ちゃんいないんだ」

「休みの日も全然いないねえ」

何気ない会話をしながらも、不自然さには自分でも気付いている。ようやく社会人になり、少し自信もつきかけたものの、ここまで来ておきながら、父とはなにを話していいのかわからない。とくに気負わず、今の仕事の様子を、ただ報告すればいい。父は「おう」と言って聞いてくれるだろう。でも、それができない。

結局、父には元気でやっていると一言だけ伝え、兄には会えないままで、その日、私はひとり暮らしのアパートへ戻った。

実家を出るときに見た兄の店はシャッターが下りていたけれど、兄の意気込みがこもっていて、内側から揚々と膨らんでいるように見えた。


今まで足が遠のいていた実家に一度顔を出したことが弾みになったのか、週明けからの仕事はいちだんと身が入った。私はなんとなく、高1の夏——あのことが起こる前——の自分を取り戻したような気分だった。この数年、私はおとなしすぎた。

昔は、考えるよりも先に手が動き、そしていつの間にか結果がついてきていた。社会人としては、そうした積極的な人間の方が、引っ込み思案の臆病者よりもはるかに有用なはずだ。私は、溌剌《はつらつ》とした本当の私に戻ることで、人生をリスタートしたくてたまらなかった。

十月に入ると、生意気にも仕事への余裕の表れなのか、同期や先輩たちと、更衣室で職場についての軽口も叩くようになった。

「ねえねえ水路《みずみち》さんさあ、営業二課の熊井《くまい》課長、全然仕事できないと思わない？」

ひとつ年上の津村《つむら》先輩が、始業時間の前に着替えを終えて、ロッカーの前で私に話しかけてきた。

噂《うわさ》好きで、皆の情報源のような人だ。自分のこともすぐに周りに話されてしまいそうで、私はどちらかというと苦手だった。それを津村先輩が察しているのもわかっていたので、ある意味上司に話しかけられるよりも緊張する。けれど先輩は横に人がいれば話しかけずにはいられないたちなので、お互いに奇妙な緊張とともに会話することがよくあった。

「で、でも、私はよくわからないですよ、私、二課担当してないですもん」

すると、私の同期の子が横から入ってきた。正直、ほっとする。

「えー、もう見た目が仕事できませんって感じじゃん。実際駄目なんですかあ？」

「あんまりお客に好かれないタイプなのよね。保身丸出しでさ。そういうの見抜かれて舐《な》められてるから、お客も無茶言ってきて、結局回んなくなるわけ」

私も二課の熊井課長にはあまりいい印象を持っていなかった。もう五十歳を過ぎている人なのだが、上司にはへつらいながら部下のことはからかう光景をよく見たし、営業事務の間では「受発注で忙しいときに、つまらない話を楽しそうにぺちゃくちゃとしてくるので、仕事の邪魔になってしょうがない」と評されている人だったためでもある。

でも熊井課長は、普段の社内営業が功を奏しているのか、支店長からの評価は悪くないようだった。

そして、十一月に行われた支店内の小異動で、熊井課長は私の所属している一課に配置換えとなったのだ。一課の営業も事務も、胸中でこっそり悲鳴をあげていた。

朝と帰りの更衣室は、一課の女子社員の不平不満でよく沸いた。熊井課長の席が一課にやってくる前日の夜はそのピークで、津村さんが怪気炎《かいきえん》をあげていた。

「水路さん、憂鬱《ゆううつ》だよねえ。あたし本当嫌なんだけど。今回の配置換えだってさあ、熊井が二課の数字落としまくったから、テコ入れで一課の課長が入るのよ。総務が言ってたもん」

テコくらい好きなだけ入れてもらえばいいが、ただ、それで割を食うのは一課ということになる。文句を言うつもりはなかったけれど、やはりあまり楽しい気分にはなれない。

「一課はどうなってもいいんでしょうか、支店長は」

つい、そんな言葉が私の口から漏れた。

「支店長もお調子者だからさあ、ちょっと熊井からおだてられたら簡単なもんよ。『熊井には人の気分をよくさせる才能がある、それは管理職に必要な人間力だ』とか言ってたらしいわよ。こっちの気分は最悪だっつーの」

先輩は着替えを終えるとロッカーを乱暴に閉め、バッグを肩にかけた。

「じゃ、あがるわね。まあ一課には槙原《まきはら》君も江沢《えざわ》君もいるし、なんとかなるって支店長も踏んでるんでしょ。なんだかんだ、一課がへこんだら支店長の責任になるんだし、それくらいの保険はかけてるわよ。持つべきものは、有能な同僚よねえ」

先輩は言うだけ言って退社していった。

たしかに憂鬱に思う部分もあったけれど、この程度の変化は、きっと会社の中で生きていく上では日常茶飯事なのだろう。少なくとも私は、自分のやることだけはきっちりやっておけば、さほど問題はないはずだ。それに、先輩が名前を挙げたふたりは、まだ中堅というにも若い年でありながら、この支店で営業のエースになりかけている。

多少のことがあってもあのふたりがいればなんとかなる、という気になるのは確かだった。後輩の面倒見もよく、事務員ともよくコミュニケートしているので、私も何度も助けられたことがある。

私は、会社内でのキャリアアップをさほど強く望んでいるわけではない。就職した理由もともと、社会に出るというよりは対人関係を築くためのリハビリが第一の目的だったので、利己的もいいところだった。会社では任せられた仕事を求められた以上の水準でこなし、問題点があれば地道に解決することで会社の体力を補強していく、縁の下の力持ちになれればいいと思っている。高校までの私ならもっと強い上昇志向を持っていたのかもしれないけれど、今の私は競争原理にさらされる気にはなれなかった。

それでも、一日でも早く一人前になる必要がある。まだ社会人一年目ではあったけれど、そうした部分では私は一応人並みに焦ってはいた。

更衣室を出ると、事務所の入り口から、くだんの槙原さんが入ってくる。

「お、水路。お疲れ」

三十前のはずだったが、年齢よりも若く見える。いつも朗《ほが》らかな表情をしているせいもあるのだろう。

「今戻られたんですか？」

「つい調子に乗って、商談長引かせちゃったよ」

苦笑しながら槙原さんは席に向かい、私の方へくるりと振り返った。

「明日からクマさん課長の下だぜ。事務も大変だろうけど、頑張ろうな」

悪戯《いたずら》っぽい笑いが、朗らかな顔立ちによく似合っていた。

熊井課長の下で働くのは、思っていたよりも大変だった。まず事務の業務一連をあまりよく把握していないので、営業との連動がいちいちしづらい。私はまだまだ単なるプレイヤーだったので、目の前の仕事をとにかく端から片付けていくだけだったけれど、チーフはかなり苦労しているようだった。

営業の人々は、なるべく熊井課長に自分の業務が接しないようにしていた。課長を通すと自分たちの仕事がダメージを受ける、というのが共通認識として知れ渡っているようで、すでに部下たちは、一緒に働く前から熊井課長に見切りをつけていた。この人はこれまでどんな働き方をしてきたのかと考えてしまうくらい、社内――少なくとも支店長以外――の評価は低かった。

そんな社員の態度を本人が察知できないはずはなく、日に日に熊井課長の態度には苛立ちが目立つようになった。そうなるとますます課内での孤立は深まり、事務員も本来なら課長へ持ちこむはずの相談事を、槙原さんや江沢さんに持ちこむようになっていく。それも、熊井課長の目の前で。

さすがにふたりとも上司に遠慮して当たり障りのない指示をしながら、最終的には課長に確認を取るよう促すけれど、その様子までしっかりと熊井課長には聞こえている。そんな中、事務員が持ってくる仕事に課長が快く対応するはずもなく、とげとげしく追い返されるのが常だったので、課長と私たちとの溝はどんどん深まっていく。

さすがに私は、そこまでするのは気が引けた。できれば私も、あまり熊井課長には接したくなかったけど――多くの場合、一を報告すると適当な指示を与えられ、仕事が二か三は増えることになった――、ほとんど義務感のようなもので、営業へ伝える事項はまっ先に課長へ伝達するようにした。

すると自然、課長からの私への覚えもよくなる。

「水路さん、少し瘦《や》せたかね」

「水路さん、今日もよく頑張ってるね」

そんな声が課長からかけられるようになった。もしかして周囲から、私が管理職に取り入ろうとしていると思われているのではと冷や冷やしたが、どう見ても伸びしろの感じられない管理職ではその心配も杞憂《きゆう》だったようで、むしろほかの事務社員からは真面目な新入社員だと評価されたようだった。

けれど、年が明ける頃には、そんな私の気遣いも限界に近づいていた。

熊井課長は口では気風《きっぷ》のいいことを言う癖があり、「責任は俺が取る」「部下の失敗を請け負うのが俺の仕事だ」とよくうそぶいていた。しかし、実際には、とにかく自分が恥をかくことを嫌うたちだった。

一度、私も大きく熊井課長の機嫌を損ねることがあった。年末に、営業・物流・事務の業務のすり合わせのための打ち合わせに、チーフと津村さんとともに同席させてもらったときのことだ。熊井課長が事務と物流にかなり疎く、商品の受発注を通じて営業や物流と接している私の方が、一部の知識が豊富だということが皆の前で露呈したのだった。

受注データをより早く効率的に物流に落としこむために必要ないくつかの確認事項は、私にしてみれば日々の業務の中でチェックできていることなので、その場ですらすらと答えることができる。

私は、会議の時間は短く済むなら短いほどいいと考えていたので、物流チームのリーダーに「新入社員なのに、課長よりもの知ってんだなあ」と笑いながら言われ、恐縮はしたけれど、仕事の時短のために少しは役に立てたという誇らしい気持ちがあった。

でも、ふと横を見ると、課長が敵意のこもった表情でこちらを睨みつけているのが目に入り、背筋が寒くなった。

私は、業務の上でマイナスになることなんてなにもしていない。課長に直接恥をかかせたわけではない。課長だって、これまで知らなかったことを知ることができて、よかったはずだ。会議の進行だって早まった。なのに、なんで業務の長から不興を買わなくてはならないのだ。

仕事の上で、会社員として、私のなにが悪かったのか、教えてほしい。自分はまちがったことをしたとは思えなかっただけに、その落差がなお絶望感を煽《あお》った。

「よく知ってるねえ。本当によく頑張っているんだねえ、水路さん」

すぐに軽口風にそう言った課長の目には、どんよりとした暗い感情が明確にこもっていた。

それからも、課長の知らないことや覚えまちがいを、私が指摘することはたびたびあった。悪いと思わないわけではなかったけれど、自分は正しいことをしているとも思っていたので、やめなかった。誤りが正されるのはいいことだし、知るは一時《いっとき》の恥にすぎない。本当のことを言い、意味のあることを積み重ねれば、信頼関係はどんどん強固になっていくはずで、かならず事態はいい方に変わっていくと信じた。

この頃には、いずれ退職するまで、私は正しいことをやり続けようと決心していた。かつて自分がしてしまったあのことを、自分の生き方で償うような気持ちで。

過去の自分がしたことはもう取り返しがつかないなら、それを少しでも償うために、今の自分が頑張るしかないと思ったのだ。

けれど、熊井課長が私を見る目は、数少ない味方に対するそれから、やがて裏切り者へ向けるものに変わっていった。


そんな状況のまま年は暮れ、私は会社に勤めてから初めてのお正月を迎えた。

秋口以来の帰省となったけれど、元日のお昼前に実家に到着した私を、母は前と変わりなく迎えてくれる。

寝正月を決めこむつもりらしい父は、よれよれのスウェット姿で居間のテレビを見ている。

「おう、おめでとう」

とだけ言われたので、私も簡単にそれに応える。

「朝希、帰ったのか？」

廊下から、兄が顔を出す。

「うん。久しぶり」

「元気そうだな。全然学生のときと変わらないな」

「まだ一年も経ってないでしょ」

「まあ座れよ。どうだよ、仕事」

ほかのなにをおいても、仕事の話題が出るだろうことはわかっていた。どんなふうに話そうか、ここに来るまでに考えもした。

正直に、仕事以外の部分で悩んでいるなどと言っていいものだろうか。変に心配をかけたくないし、ここ何年もどこかよそよそしく過ごしてきた家族の前で、急に胸襟を開くのも抵抗がある。結局私は、

「どうって、普通よ、普通」

と、これ以外には思いつかなかった答えを返す。兄は思ったとおり、

「どう普通なんだよ」

と笑いながら鏡餅のみかんを取ったり置いたりして、それ以上深くは聞いてこない。そっけないようでいて、私が言おうとしないことは聞かないでおいてくれる性格であり、改めてありがたいと思った。

四人でおせちとお雑煮を囲み、テレビを見て、話しても話さなくてもいいような話をして時間は過ぎていく。

考えてみれば、自分で工務店の社長を務めていた父とも、ほとんど専業主婦で時折デ

スクワークと父の手伝いをしていたくらいの母とも、自分でお店なんて構えてしまう兄とも、私の社会人としての状況はちがう。

家族が揃《そろ》いながらも、そこで共有してもらえる見込みのない苦悩を思うと、お正月のふわふわした気持ちとも相まって妙に心細さを感じた。

こたつに入って、眠そうな兄にみかんをむいてあげながら、

「そういうお兄ちゃんはお店の方どうなの？」

と聞いてみる。

「ああ、俺はまだ外回りが忙しくて、留守を頼める内勤がいないと無理だな。でも人ひとり雇うって大変だからなあ。俺、明日からもう仕事だぜ」

兄も目標があって、そこにたどり着くために自分なりに働いている。もしかしたら、世の中のほとんどの人がそうかもしれない。それに比べて私は、と胸中でため息をつく。

短大の就職課の人が、仕事の目的は自己実現だと言っていた。私の目的は、言うなればせいぜい、自分探しだ。

兄の休暇は、戦士の束の間の休息。私の目的は、ただの休み。

気にすることはない。人それぞれだと、わかっている。

でも。

なにかが寂しい。ずっと。

異変に気づいたのは、一月を終える頃だった。社内会議のとき、熊井課長の指摘で私のミスや段取りの不手際が糾弾されることが増えた。

私の立場では手の打ちようのなかった失敗も多く、聞かれれば理由は答えられたけれど、熊井課長の目的は新入社員の未熟さの改善ではなく、私をやり玉に挙げることだったようで、すべての弁解は言い訳だと退けられた。チーフたちは私をかばってくれたけど、新人だからといって甘やかすなと言われてしまえば、それにも限界があった。

やがて、仕事を進める上で必要な情報が私にだけ届かないということが起きだした。新しい顧客への特殊な受注対応や、新たに受注の仕方が変わった得意先の注意事項などについて、少しずつ私だけが知らないことが増えていく。

熊井課長は、そうして起きたすべてのトラブルが私の注意不十分のせいとなるように、巧妙な情報のコントロールをしているのだ。事務の重鎮や営業のエースではなくて、新入社員である私にたびたび遅れを取ったのは、熊井課長にとって憤懣《ふんまん》やる方なきことらしかった。

時には受注ミスで迷惑をかけた得意先に私を連れて謝りにいき、先方の事務所のテーブルで、私の後頭部を押さえつけて天板に無理やり額をつけさせながら、「このたびは申し訳ございませんでした。弊社の新人がご迷惑をおかけしまして」と大仰に謝罪した。

実質的には私のせいではなかったので、心からの謝罪の気持ちは、なかなか湧いてこない。でも、それを言い張ったところで、なんの意味もない。

私は申し訳なさよりはみじめさでいっぱいになりながらも、得意先には真摯《しんし》に謝罪の気持ちを伝えられるよう努めた。

体は深くこうべを垂れて謝意を表現しながら、頭の中はぐるぐると渦巻く無念さにとらわれていた。頬が震え、涙がにじむ。

新入社員が起こすミスなんてたいしたものではなかったので、先方の方が恐縮していた。

そんな日々が続くと、私の中で、会社という存在が急激に色あせていった。それでも、これは社会人の誰もが通るハードルのうちのひとつなのだと言い聞かせて、目の前の業務を黙々と片付けていく。

会社に勤めはじめたとき、自分はきっと、少なくとも表面上は周囲とのコミュニケーションをどんどん構築していって、忙しくも楽しい職場で毎日を過ごすことになるのだろうと想像していた。少なくとも高校のときまでの私なら、そんな働き方をするだろうと思えたからだ。でも、今となってはまるで逆で、なるべく心にさざ波を立てないように、手だけを動かす歯車のようになっている。

だんだんと愛想を失い、周囲からは仕事をつまらなそうにやっている奴だと思われ、私は、徐々に会社で孤立していった。

これまで熊井課長に向いていた社内の蔑視《べっし》の対象は、私の方へ移ってきていた。私が熊井課長に濡れ衣《ぎぬ》を着せられている様子は主に津村先輩によっておもしろおかしく脚色されながら流布していき、最初は他愛ない話題として扱われていた気の毒な新入社員の境遇は、いつの間にか事務員の間で、自分たちは巻きこまれたくない不幸な運命のように扱われていた。

津村先輩を中心とした事務員の間では、最も盛りあがる話題のひとつが上司の悪口だったが、私はどうしても他人への心ない言葉を自分の口から出すことができなくて、同調せずにいた。決して私の根が善人だからなのではなくて、かつての苦々しい思い出が原因だったのだが、そうした、いわゆるノリの悪さは私を自分の身だけを守ろうとする人間のように周囲に見せ、余計に私の孤立を深めた。

以前は普通にあいさつし、会話していた同期たちとも、目に見えて接触の回数が減っていく。仕事終わりや休日に社員どうしで遊びに行くようなことがあっても、私には声がかかられないことが増え、すぐにそれが当たり前になっていった。

この頃になってようやく私は、自分が社内での居場所づくりを怠ったまま一年近くを過ごしてきたのだということに気付いた。表向きは当たり障りのない態度を取っていても、私は自分のことを必要以上には人に教えない。

社会人になる前に自己嫌悪を繰り返して過ごしてきたことの弊害だった。そんな私を、心を許せる仲間として受け入れてくれる土壌は、私が「いじめられ役」として仕上がっていくにつれて、どんどん無くなっていた。社内の裏広報のような津村先輩と、お互いに苦手意識を持っていたのもいけなかった。

会社の同僚と、他愛ない世間話をしたのはいつだっただろう。社内でなにかを考えたり感じたりすると嫌な思いばかりするのだということを体感してからは、楽しそうだとかおもしろそうだといった感覚にも蓋《ふた》をするようになった。

今はもう、朝、自動ドアの前で気力を奮い立たせていても、社員としての義理以上の親しさであいさつしてくれる人もいない。

そんなふうに色彩のない日々を送っていたある日、状況をさらに悪い方へ変える事件が起きた。

その日、私の担当している得意先が、あまりに小さなミスが連続し、そのたびに熊井課長が私の名前を出して謝っていたので、とうとう担当を代えてほしいと言いだしたのだった。そして同時に、課員の業務にまったく改善の様子が見られないということで、熊井課長に対しても憤っているらしかった。

熊井課長は、この件で話があるからと私を会社の面接室に呼び出して、私たちはまるで刑事の取調べのように、小さなデスクに向かい合わせに座った。

「先方はお怒りだ。君にも言い分はあるだろうが、さしあたって、これまでのことをどう償うのか言ってみてくれ」

私にしてみれば濡れ衣同然ではあったけれど、こんなようなことを言われるだろうと予想していた。おそらく熊井課長は、有効な打開策をなにひとつ出せない。そもそも、まともな管理職なら、私への嫌がらせのために、会社へのダメージも予想せずに業務を失敗させたりしない。

私は手帳を開き、あらかじめ記入しておいた、熊井課長が私への嫌がらせをやめればいいという以外の、私の思いついたあらゆる対策を提案した。私がそうした準備をしていたことに、課長は驚いた表情を浮かべた。

一つひとつのトラブルは細かくて単純なものばかりだっただけに、私の提案内容は、複数人による二重確認、チェックリストの作成、作業の手順の組み替えなどの平易なものばかりだった。そんなことをいちいちやっていたら、むしろ業務の進行に支障をきたすような、頭でっかちの机上の空論。

それらを並べあげながら、私は胸中で叫んでいた。くだらないでしょう。現実的じゃないでしょう。でも、そんなことを言わせているのはあなたなんですよ……。

話しながら、その間はあまりにも不愉快で、課長の顔が見られなかった。

不必要なほど細かく、それぞれの改善内容を説明し、十五分ほど経っただろうか。気付くともう言うこともなくなっていた。私は机の天板に向けてうつむいていた顔をあげ、

「以上です」

と告げる。

熊井課長はぽりぽりと頭をかいて、数秒黙り、そしてぽつりと呟く。

「ああ、……と。それで全部か」

その言葉には、あまりにも意志や熱意が乏しかった。そして私は気付く。課長はこれほど私の話を聞いていながら、メモひとつ取っていない。それどころか、面接室に筆記用具を持ってきていない。

私は、愕然《がくぜん》としながら悟った。この人は、問題への対策を考えにここへ来たのではな

い。ただ、弱っているであろう私でゆっくり遊ぶためにふたりっきりになったのだ。

そうしたら、私の方はこれからの対処についての考えをすでに巡らせていた。思いがけない事態に課長は驚き、長々と私の話を聞きながら、自分の意見もなければ私への対応もまだ決められずにいる。だから、その時間稼ぎをしようとしている。

――なんでこの人が管理職なの！

心の中で、そう悲鳴をあげた。

私は、話すべきことは話し尽くしてしまったのと、憤りと情けなさで、口がきけなくなった。そのまま一分、二分。沈黙が室内に満ちている。

「なんだ、言いたいこと言ったらだんまりか。黙っていても、問題は解決しないんだけどな」

きっとこれが、課長のもともとの思惑どおりの展開なのだろう。おそらく私が深く謝罪するのを待っている。そうしたら気は済んだとばかりに、この狭く暗い部屋から解放されるのだろう。

でも、どうしても謝る気にはなれなかった。さっさと頭を下げれば、すぐに話が進んでいくのだろうとわかっていても、どうしてもできない。

「まさか泣くんじゃないだろうね。女はいいよねえ、涙で仕事がコントロールできてさ。

男はそういかないから」

　なにか言わなければ。建設的で、この難局を打破するために有効な話を。

　けれど、思いつく限りのことはすでに話しきってしまい、頭の中の道具箱はもう空っぽだった。

　私の喉《のど》は固く絞られたまま、課長の得意気な声ばかりが室内に響いた。

「人に迷惑はかけるけど、自分はなにも言いません、なにもしませんじゃあ、卑怯《ひきょう》な犯罪者と一緒だね。君はもう少しまともな人間だと思ってたんだけどなあ。まあいいや、時間がもったいないからもう行くよ。あの会社の担当は替える。先方には謝っておくし、支店長にも僕から報告しておくからね」

　熊井課長が面接室を出て、扉が閉まり、靴音が遠ざかっていく。

　泣くもんか。死んでも泣いてなんかやるもんか。

　理不尽な目に遭ってもできる限りのことを考えた私と、ただ弱い者を楽しくいたぶるだけの人。泣いて悔しがらなければならないのは、絶対に私ではない。

　けど、私の目からは大粒の涙があとからあとからあふれ出し、机を濡らした。

　自分がなんのために頑張っているのか、いよいよわからなくなった。

淵の底から

翌日出社すると、事務所に置いてあるレターケースの上に花が生けられていた。誰が用意したのかはわからないけど、白いつぼみをいくつもつけた、きれいな花だった。

「おう、きれいだな。これ、なんて花だ？」

ちょうど支店長が横を通りかかり、そう私に聞いた。私は植物には詳しくないのですぐにはわからず、「ええと」と呟いて数秒考えこむ。

たしかスノーなんとかだったと思います――と言いかけたとき、支店長がニヤニヤ笑いながら私に言った。

「なんだ、水路。得意のだんまりか？　あと、人に聞こえないように泣けよな。周りが気ぃ遣うだろ」

頭の中が、一瞬でまっ白になる。熊井課長が告げ口したにちがいない。この言い方だと、私が自分の意見を述べたことについては報告されていないのだろう。

そして、泣いたのも聞かれていたのだ。遠ざかっていくふりをしながら足音を殺して戻り、面接室の壁に耳をつけて聞いていたのだろうか。そして打ちのめされた部下が泣き崩れるのを聞き取って、それを自分の上司に伝えた。その上司が、なにが楽しいのか、まるで気の利いたジョークでも言うような顔で私をからかっている。

これでは、仮に熊井課長のことを告発しても無駄だ。この支店の責任者には、一方的に語られた偏った報告を疑問に思う人格も、事実を把握する能力も、人を見る目もない。それどころか、下世話な密告を楽しんでさえいる。そんな人に、なんの期待もできはしない。この会社の管理職とは、下衆《げす》か無能でなければ務まらないのではないかと思えた。

もう、一秒もこの事務所にいたくなかった。私は続々出社してくる社員をかき分け、外へ飛び出した。その異様な様子に、すれ違った人たちが驚いて振り返る。あんなにも毎朝覚悟を決めてくぐっていた自動ドアは、私をあざ笑う口のように思えた。

社員たちの不審そうな視線を背中で意識しながらも、振り返ろうという気はまったく起きなかった。

私は、吐き出されたのだ。退社するその日まで頑張ろうと誓ったはずの場所から。

ここは、お前なんかの居場所ではないと。

自分の部屋に戻ってひとりきりになるのも嫌で、私は電車に乗って適当な駅で降り、あてもなく歩きまわった。

路線図で名前は見たことはあっても、足を踏み入れたことのない街。でも、ビルと道路に囲まれた、会社の周りと似たような風景。角を曲がればすぐそこに会社があるような気がして、歩けば歩くほど気がふさいだ。

両足には、不愉快な疲労がどんどん溜まる。座る場所を探して、喫茶店に入る。飲み物を注文したけれど、永遠に持って来てくれなければいいと思った。そうすれば、ずっとここに座っていられる。

そんな思いもむなしく、すえた匂いのする紅茶は、あっという間に運ばれてきた。努めてのろのろと、時間をかけてカップを空けた。最後の方は、飲むというよりはほとんど舐めているのと変わらなかった。それでもついには飲み干してしまって、まだしばらくは座っていられるにもかかわらず、なにかに追い立てられるような気になって、お店を出てしまう。

また、街を歩く。座る場所を探す。真冬の街のアスファルトは、容赦なくかかととつま先を痛めつけてくる。ふくらはぎも張って、歩き方がだんだんよろけていった。

私は駅に戻ると、会社とは反対方面に数駅分電車に乗り、また降りたことのない駅で下車した。知らない街をうろうろと歩き、疲れて座る場所を探しても、もう飲んだり食べたりする気にはなれない。お昼時になっても、食欲はまるで湧かなかった。

　ゲームセンターがあったので、入って、椅子に座った。でもゲームなんてやる気になるわけもなく、決して好きな場所ではないので居心地の悪さも加わり、いたたまれなくなってすぐに出てしまう。カラオケにでも入ろうかと思ったけど、きっと同じことだ。

　結局また駅に戻り、ベンチにしばらく座って、寒さに耐えきれずに電車に乗る。数駅で、また降りる。せめて気分が変われぱと、改札を出て未知の街を歩いてみる。でも、ただ疲れただけで戻ってくる。

　そんなことを繰り返しているうちに、日が暮れてきた。

　今日は、無断欠勤同然だ――今さらだけれど。クビだろうか。それでもいい。

　駅のベンチで携帯電話を取り出して時間を見ると、十八時になるところだった。

　もう、帰ろうか。でもひとりぼっちの部屋に戻るのは、きっと今こうしているのと変わらないくらいつらい。そう思ったとき、

「水路」

　と声をかけられた。振り向くと、槙原さんがホームの人波の中に立っている。

「まさか、朝からずっと外にいたのか？　ひどい顔してるな。大変だったみたいだな、今日。詳しくは知らないけど、事務の方は仕事が回らねえってけっこう騒ぎになってた。一年生だってのに、お前の穴ってでかいんだな」

「す、すみません。私、……」

「いいよ、会社の方は、いる奴らでどうとでもなるさ。で、今、よかったら、少し話さないか。というより、なにがあったか聞かせてくれ」

そこまで親しく話したことがあるような間柄ではなかったが、明るく分け隔てのない性格の槙原さんは会社の人たちの中では、一番相談に乗ってもらえそうな人だった。

もう会社からはほとんど心が離れてしまっていたけれど、できればひとりくらいは私の感じたことを知っておいてもらいたい。

「あの、槙原さんはもう今日はいいんですか？　仕事の方は……」

「ああ、今日は直帰にしてあるし、全然問題ねえよ」

そう言って、槙原さんは悪戯っぽく笑う。

私は砂漠で湧水を与えられたような気持ちだった。

「寒かっただろ。なにか、温かいものを食べにいこう」

近くに、会社の人はほとんど知らないはずだというお店があるとのことで、槙原さんに連れられて私はある飲み屋さんに入った。

お酒を飲むところというよりは、ものを食べる方の比重が高いお店のようで、中へ入るなり、鍋物の熱といい香りが私を迎えてくれた。

料理を適当に注文すると槙原さんは、私に今日のことを、そして今日までのことを可能な範囲で話すよう促した。

「完全に水路の主観でいいぞ。陰口とも、悪口とも思わないよ」

私は思いつく限り、入社してからこれまで、とりわけ熊井課長の態度の変化からの苦悩を打ち明けた。ところどころ支離滅裂で、わけのわからない話になっていたとは思うけれど、話しだすと止まらなかった。

ひととおり言い終えてしまうと、ひどく脱力した。思い詰めていたので気付かなかったけれど、今日は寒い中を歩き通して、体がかなり疲れていた。

「そうか。……会社に残りたい気持ちはあるか？」

私はぶんぶんと首を横に振った。

「水路のことだから、お前が自分で決めたらいい。でも俺個人の意見としては、休職扱いかなにかで一時的に休んだとしても、会社には残ってほしいと思っている。お前は自分で思っている以上に課を助けてくれてるし、これからも伸びる。上司は何年かすれば、ほかの支社に替わりもするだろうが、営業事務には転勤がないからな。正直、うちの支社がお前を失うのは惜しい……まあ、俺もそのうち転勤しちまうだろうけど」

評価されているのは嬉しかった。これまで頑張ってきたかいがあったと思える。でも、私はどうしても、あの事務所でこれから先も仕事に打ちこむ気にはなれなかった。そうである以上、休職という形で会社にとどまるには、会社にとってはお金の無駄だし、私にとっても時間を無駄にすることのように思う。

お店の料理は、どれもおいしかった。かなり空いていたお腹が、温野菜や魚の鍋で温まると、ずいぶん気持ちが楽になった。

会社の話はあまりしたくなかったし、槙原さんも控えてくれていた。そうすると共通の話題というのもあまりなく、槙原さんは自分の子どもの頃の失敗談や、恥ずかしかった話などをしてくれる。営業に必要なのはコミュニケーション能力だとよく会社でも言われていたけれど、営業マンとして優れていると、こういうこともそつなくできるものなのかもしれない。

私は、高校のときの思い出に触れないよう、小学校時代の変わった行事の話などをした。工場見学に行ったらその工場の中で、クラスメイトの合唱をバックにクラス委員が工場長にお礼を述べるという、たいしておもしろくもない話だったけれど、槙原さんは大仰に驚いてくれた。お店の中は居心地がよかった。暖かくて、賑やかで、人の悪口を言う必要もなくて、私の話を聞いてくれる人がいる。

ここから出たくない。ひとりで帰り、ひとりで眠る夜が間もなく訪れるのだと思うと、寂しさと怖さで心臓の鼓動が速まった。

ひとりになりたくない。頭の中で、何度もそう叫んだ。

それでも、帰る時間はやってくる。

槙原さんが支払いを済ませてくれた。お礼を言って、お店から出る。

吐き出す息は白いけれど、さほど寒くは感じない。私たちは連れだって、駅へと歩きだす。

「なんだか私、昔自分が思っていたより、ずっと低次元な人間だったんじゃないかなって思います。仕事だって、最初に入った会社に、一途に尽くそうと思ってたのに、もう逃げ出そうとしてますし」

「えらく思い詰めたもんだな。まあ、好景気に甘やかされて名刺の肩書だけ立派になった人たちに悩まされてる奴は、少なくないぜ。最近の若いもんは甘やかされて育ってるってのは常套句《じょうとうく》だけどな、そうだとしたって、五十まで好景気に甘やかされた人と、二十歳《はたち》まで学校に甘やかされた奴と、人材としてどっちがありがたいかって話もあるしな」

極端な話も、私への気遣いのうちなのだろう。心に張った氷の端が、少しずつ解けていくのを感じた。

「私……どうしたらいいんでしょう」

呟いて、隣を歩く槙原さんを見上げた。会社については、もう自分の中で答えを出している。だから今の言葉は、今夜をどう過ごそうか、ひとりで帰りたくはない、というニュアンスを込めたつもりだった。

「……これから先の時間は、友達か、家族と一緒に過ごすんだ。俺はなんていうか、後輩の女の子とこんなふうにふたりでいるだけでも、ちょっとグレーゾーンに感じてるからな。今、妻は妊婦なんだよ。だから余計にデリケートな時期だしな」

そう言って、槙原さんは左手の薬指に光る指輪を見た。そういえば、この人は既婚者だということを、すっかり忘れていた。不倫を持ちかけた形になった自分に、顔から火が出る思いだった。

「心配するな、お前を不実な人間だなんて思ってないよ。一年近く同じフロアにいたんだ、それくらいはわかる。誤解は、してないつもりだ」

「うぐう……」

「色気のない呻《うめ》き方だな」

「槙原さん。私、じつはこれでも、まるでモテないわけではないんですが」

「ああ。だろうな」

「でも、私の方から踏み出そうとした場合、かならずノーと言われるんです。今とか今とか。あと今とか」

「お、おう悪い。でも俺はしょうがないだろ、な。ほかには、誰に断られたんだよ」

「ほかには……」

脳裏《のうり》を、シャープな顔立ちの面影が横切る。

「高校の先生です」

「それはお前、断ったって言ったって水路のためじゃないか。もう完全に」

「そう……なんでしょうか」

口説かれるどころか、女として意識されたこともたぶんない。あくまで教師と生徒の距離で、先生は私を見守ってくれていた。

あの人がいなかったら、今頃私はどうなっていただろう。少なくとも、今よりもましな人間になっていたとは思えない。今も、あの頃と同じように教師をやっているのだろうか。私の知らない生徒たち、私の知らない人々と触れ合いながら。

駅は、もう目の前まで迫っている。

「私、短大の頃の経験から、男の人ってもっと目先の欲望に正直なんだと思ってました」

けれどこの人は、たとえ不実がばれなくても、きっと奥さんを裏切らない。当たり前のことなのかもしれないが、それがひどく尊いことに思えた。

「そうとばかりは限らないって、とっくにその高校の先生が教えてくれてたんじゃないのか？」

私ははっとして、槙原さんを見上げる。槙原さんはニッと笑った。

「じゃあ、俺、別の路線だから。できれば、また会社で……いや、なんでもない」

「……すみません……」

「いいや。お前が謝ることなんて、なにもないよ」

槙原さんは、ほほ笑むと、手を振って人もまばらになった駅のコンコースに歩き去っていった。

私はさっきのお店で与えられた心身の熱を大事に家に持って帰る。

最初にお風呂に入り、バスタブの中でぐったりと力を抜いて、体を預けた熱めのお湯が温《ぬる》むまでぼうっとしていた。一日の気分の浮き沈みが落ち着いて、ようやく整ってくる。

お湯からあがって体をバスタオルで拭いていると、小腹が空いているのに気付く。そういえば、さっきのお店では料理はおいしかったけれど、しゃべったり話を聞くのに忙しくて、そんなに量は食べなかった。

普段は夜の間食はめったにしないが、しまっておいたちょっと高級なプラリネチョコレートを取り出して、インスタントコーヒーを淹《い》れる。

この糖分が夜のうちに体に吸収されて、明日の私のエネルギーになってほしい。そう願いながら、口の中でプラリネをゆっくりと溶かした。


次の日は定時に出社して、社内のスタッフに昨日のことを謝罪した。槙原さんも普通に出社してきて、いつもどおりに仕事を始める。

近いうちに、辞めるつもりではいる。でももしかしたら、もう少しだけ頑張れるかもしれない。そう思って、努めて気を楽にして仕事に励んだ。

昼休みを終えて、事務所へ戻ったときだった。営業二課の、特別親しくもない女子社員がくすくすと笑いながら、私にスマートフォンの画面を見せてきた。

「ねえねえ、水路さん、こんな写真出回ってるんだけど。これほんと？　会社サボってさあ、よくやるじゃん」

そこに写っていたのは、夜の街を歩く私と槙原さんだった。

腕こそ組んでいないけれど、寄り添うように歩く姿は、とても親しげに見える。いつの間に、誰に撮られたんだろう。

私は必死で弁解した。けれど周りの誰も、それをまともに聞く気はないようだった。蟻《あり》地獄にはまった蟻を助ける気もなく見下ろしながら、愉快な見世物《みせもの》として笑っている子どものように。

その日は、もう仕事に集中できなかった。それでも定時になり、私は帰り支度をしながら、頭の中にはあの写真がぐるぐると渦巻いていた。妊娠中だという槙原さんの奥さんは、どこかから巡り巡って、あの写真を見るだろうか。もしもともと奥さんもこの会社の社員で社内結婚したのなら、共通の知り合いなどから画像が渡ってしまうことはあり得る。それを考えると、気が気ではない。

槙原さんは、私を元気づけてくれようとしただけだ。私に誘われても、きっぱりと断った。仕事ができて、仲間思いで、奥さんのことを大切にしている。私の知る限り、会社の中で一番立派な人だ。それが今、ただ一枚の、それらしく見えるという写真だけで、激しく名誉を傷つけられている。

今日一日、事務員も、営業の人たちも、とりわけ熊井課長と支店長が、ずっとにやけながら私たちに視線をちらちらと送っていた。

よこしまなことを考えていたのは、私だ。しかも、もうすぐ辞めるつもりの人間だ。その私のせいで、あんなにいい人がいわれのない誹謗中傷《ひぼうちゅうしょう》にさらされていく——私のせいで。

　ふらふらと会社を出ると、外に槙原さんが立っていた。

　私は息をのんだまま、なにを言っていいのかわからず、数秒呼吸を止めていた。

　槙原さんは苦笑しながら肩をすくめると、

「ひどい連中だよな。水路、自分のことを考えろよ。お前の方がつらいんだからな」

　そんなはずないじゃないですか、と言おうとしたときには、槙原さんは「さあ、残業だ」と言いながら会社の中へ戻っていった。

　彼を辱《はずかし》めようとする醜い笑顔が渦巻く建物の中へ、優しさを湛《たた》えた背中が消えていく。

　あの人たちは、なにがそんなにおかしいのだろう。人を傷つけてあざ笑うことが、そんなに楽しいのだろうか。私はもう、会社の人たちと同じ部屋の空気を吸うことに耐えられないと思った。

　帰りの電車の中でも、頭の中に毒々しい笑い声と笑顔が貼りついている。

　翌日、会社に辞意を伝えて、私は辞表を提出した。

　支店長からは、最近の若者はどうのこうの系の、よくある説教をされた。

　熊井課長もこの人も、私と向き合うつもりは最後までないのだということがよくわかり、後ろ髪を引かれるような気持ちはまったく持たずに、私は残りの出勤日を過ごした。事務作業を行う上でのいくつもの受発注のエラーや例外のパターンとその対処法をあんなにも身に付け、自分なりに意欲を燃やして取り組んできたはずの業務にももう興味を持てなかった。

それでも気力を奮い起こし、立つ鳥跡を濁すまいと残りの勤務日は懸命に仕事をしようとしたら、今度はチーフや津村先輩からストップがかかった。辞めていく人間にあまり頑張られると残されたスタッフが伸びないから、もうあまり手を出さないでほしいということだった。

私がやっていた仕事は分割されてほかの社員に割り当てられ、私には彼女たちがわからないことがあったときに教えるだけの、説明書のような役割が残った。

当然、人間は日々学んで、次第に説明書を必要としなくなっていく。一日ごとに人と話す機会が減っていき、私にとってはそれが、自分が用済みになっていくことの確認を強《し》いられているように感じられた。

なるべく、感情を表に出さないようにする。寂しくても、切なくても、必要なとき以外には物言わぬ人形になることを求められたし、私もそれが最後の職務なのだと理解はしていた。

そうして私は、しまいにはまったく口を開かなくなった人形として、最後の出勤日を終え、会社をあとにしたのだった。

最後はわずかな有給を消化しながらも、胸の中は無念さでいっぱいだった。なんのために就職活動をして、なんのために仕事を覚えてきたんだろう。言うなれば、たかだか気の合わない人たちが社内に複数いたというだけで、私はせっかく入った会社をたった一年ばかりで去ったことになる。

ひとりの部屋に閉じこもっていると、情けなさと罪悪感が、足元から私の体を這《は》いあがってきた。この感覚には、覚えがある。——あづみの顔が、目の前によみがえった。

私は、またダメになった。一時持ち直したと思ったのは、気のせいだった。

再就職先を探さなくては。でも、その気力が起こらない。うつ病というほどのものではなく、これは単に無気力だというのは自分でもわかっていた。ただの、打たれ弱い小娘だ。あの上司たちの言うとおりじゃないか。そう思い至って、なおさら落ちこんだ。

外に出るのも、億劫《おっくう》になった。就職してからの一年足らず、たいしてお金を使わずに暮らしてきたので少々の貯金はあるが、こんなものはすぐになくなってしまう。それは十分理解しているのに、どうしても部屋のドアを外へ向かって開ける気になれない。

一日中なにもせず、眠くなったら眠り、寝るのに飽きたら起きる。人が聞いたら羨《うらや》むような生活が始まった。

人の多いスーパーに行くのが苦痛で、寂れたコンビニで食料品の買い物を済ませる。テレビをつけるとバラエティ番組の笑い声や、ニュースキャスターの正義感あふれる物言いが耳に入ってくるのがつらくて、すぐに消してしまう。窓の外から聞こえるどこかの学校の野球部らしい掛け声やバットの音に、無性に苛ついた。

ずっとこうして、誰とも口をきかないで生きていけたらいいのに。

朝から晩まで。起きてから眠るまで。これから——死ぬまで。

誰にも触れず、もうなにも交わさず。もう二度と、誰とも。

無力感と罪悪感で、ベッドから起こす自分の体がひどく重く感じる。

いくら夜更かししても問題のない暮らしなので、夜通し起きていることが多くなった。これが続けば不眠を誘発するとわかっていても、窓の外からの物音が激減する夜に眠るのがもったいなくて、できなかった。

食料品の買い物も通販とコンビニで済ませるようになり、私は社会への適合性を急速に失っていった。

人と触れあうのが怖かった。またあの醜い笑顔を、私や、私に優しくしてくれた人に向けられるのが恐ろしかった。

半ば引きこもりになってから一か月が経った頃、心配した兄が私の部屋を訪ねてきた。

会社を辞めたことは家族には伝えてあり、そのときは皆が「お疲れさま」と言ってくれたけれど、一向に次に向けて動きだす気配のない私に、いいかげん心配になって兄が差し向けられたらしい。お正月の私の様子に少し異変を感じながらも、もう大人なのだからと、あれこれ聞かなかったことを後悔しているというのもあるようだった。

辞めた理由をいろいろ聞かれたものの「人間関係で」としか言わず、詳しくは説明しなかったので、それがまた三人の不安を煽ったのだろう。

兄は、私になにがあったのかを聞きたいけれど、言いたくないなら今すぐじゃなくてもいいと言ってくれた。実際、言葉にしてしまうと、「なんだそんなこと」と笑われるだけだろう。私は暴力を振るわれたり、セクハラを受けたわけでもないのだ。自分の感じた苦悩を、正確に伝えられる自信はなかった。

「朝希、悩み事を話すのは今度でもいい。ただ、なにか仕事を見つけるのは、お前にとっても、すぐの方がいい」

「お兄ちゃん、私……ちょっと……働くの、嫌かも……」

単なる怠惰や甘えで言っているととられないかと、気になった。でも、兄においてはそんなものは杞憂だった。

「お前なりの事情あってのことだから、今この瞬間に解決できるとは思わねえよ。そこでどうだ、俺の店で内勤やってみないか？」

「それって、実家の隣の家具屋さん？」

「そう。そろそろ店の品揃えも充実させられそうだし、毎日店を開けようと思うんだよ。俺もなるべくいるようにするからさ。社長は俺だし、隣の家にお袋もいるし、これ以上リラックスして働けるところはそうそうねえぞ」

「で、も……私、接客なんて、今……」

口の中でもごもごと言いながら、頭はフル回転していた。

無理だよ、と言って逃げるのはたやすい。兄も両親も、私を許してくれると思う。

でも、今そうしたら、私が次に立ちあがれる日はいつ来るのだ。

身内の会社で働く身ならではの苦労というのは、よく聞く。でも、今の私の働き場所としては、これ以上ない好条件なのは確かだった。前の会社のような人間関係上の苦労はない。規模も小さく、関係者は気心の知れた人ばかりだ。

歯を食いしばる。私は、恵まれているじゃないか。ここで、首を横に振る理由などなにひとつない。

「私……やる。お兄ちゃんのところで働かせて」

兄の店は、『ウォータールウ』といった。

兄はもう隣の実家ではなく、もっぱらこちらで寝泊まりしているらしい。起きてすぐに仕事に取りかかるのに、面倒がないということらしかった。

私は、あえてひとり暮らしの部屋を引き払わずに自宅として維持した。社会人として一応ひとり立ちしているのだという、自分なりの矜持《きょうじ》のつもりだった。


店舗の中を掃除し、兄の指示に従って店内レイアウトを整え、私は開店から閉店まで常駐の内勤スタッフとして働きはじめた。

お店には主に国内製の木製家具をディスプレイし、在庫を工務店時代の作業スペースに置く。店舗部分にしているのは昔事務所として使っていた部屋で、その裏手にあるドアを開けるとすぐに、簡素な壁と天井に囲まれた倉庫然とした部屋が現れる。縦横の幅はそれぞれ十メートル近く、高さも五メートルくらいある、なかなか頼もしい空間だった。工務店をやっていた頃はここを作業スペースにしていたので、当時は使い方もよくわからない複雑な形をした機械がいくつも置かれていた。今はそれらは撤去されて、かさばる商品もまとめて置けるように整理してある。

店舗部分は小さめの喫茶店くらいの広さしかないので、置ける家具はチェストくらいまでのサイズだった。室内用ベンチ、スツール、チェア、小振りなテーブル、テレビ台、ラックなどを配置すると、あっという間にスペースがなくなっていく。これ以上大きな家具で在庫を持てないものは、カタログを使って注文してもらうスタイルになっている。

家具の中には兄の店オリジナルの物もあったが、まだ仕入れの商品が大多数だった。

窓を大きめにつくってあるので、店内は明るい。壁一面の飾り棚にはスタンドライトから、ブックエンド、コースター、手帳ケース、キーホルダー、その他アクセサリー各種など、単価が低くて手に取りやすい小物を並べてある。日の光を受けると、それらがキラキラと光った。

内装は家具が目立つようにシンプルにしてあるので、小物でも存在感が出る。天井からはいくつものペンダントライトのサンプルが吊《つる》され、柔らかく店内を奥まで照らしている。

外装はアイボリーの壁に黒い柱をしつらえ、大きな窓が太く平たい窓枠で囲まれている。ドアの周りには清潔感のあるツタを這わせてあった。

入り口から数歩のところにカウンターと、その隣に事務作業用のノートパソコンののったデスクがある。そこが私の居場所だ。

いざ、そのデスクに座ってみると、ここで働くのだという実感が湧いてきた。

「朝希、あんまり気負うなよ。しんどかったら、臨時休業でシャッター閉めちまってもいいんだから。なんせ、俺がオーナーだからな」

兄は本気で言っていたのかもしれないけれど、私はそんなつもりは毛頭なかった。

「まだまだ、店舗だけで採算は取れないと思う。俺だって、うちの土地で家賃がタダでなけりゃ、こんな店構えられてねえ。しばらくは俺が先生とやってる注文家具やデザインの方が主収入になるだろうが、いずれは店一本でやるのが俺の夢だ。店の中の商品も、ぜーんぶオリジナルでな。大変だぞ。だから、お前も今のうちから慣れといてくれよ」

先生というのは、兄に主な仕事を与えてくれているデザイン会社の大黒柱で、兄はその仕事ぶりを心から尊敬しているらしい。尊敬し、信頼できる師。そんな存在がいる兄がうらやましかった。

それに仕事に夢を持つなんて、私には想像もつかない。ましてや、自分のお店だなんて。優しくて頼れる兄が夢の話をしているときは、どこか遠い存在に思えた。

兄の気遣いが、痛いほど伝わってきた。兄にしてみれば、この店はもう開いてもいいのと同時に、まだ開かずに開店休業の寝床にしておいてもいいのだ。

私のために、このお店は開かれた。仕事の出来で、恩返ししなくてはならない。そう、強く覚悟した。

けれど、実際に仕事が始まると、やっぱり大きな負担が私にのしかかってきた。デスクワークはともかく、じかに見知らぬ人とコミュニケーションをとらねばならない接客は、今の私にとっては楽ではなかった。

店に入ってくるお客さんは、多くはない。私のために、いきなりお客さんを大勢来させないように、広く宣伝するようなことを兄がしなかったからだ。

客層は、二十代から四十代くらいの女性客が中心で、性別にしても年代にしても、私にとって最もストレスの少ない層だと言えた。

それでもお客さんが来るたびにびくつき、始終嫌な記憶につきまとわれて小さなミスを繰り返す私を、兄は辛抱強く見守ってくれている。

当初の予想どおり、兄は外での仕事に忙殺されていたけれど、折に触れてお店には顔を出してくれていた。いつも用事があるふりをして戻ってきてはデスクや書類棚をあさり、短時間でまた出ていくのが常だったけど、本当は私の様子を見に来てくれているのだということは伝わる。嬉しかったけど、辛かった。

兄の足を引っ張っているという、罪悪感はあった。そんな自分を、何度も戒《いまし》める。それでも、お客さんが来るたびに、店の裏口から逃げ出したくなる衝動をなくすことはできなかった。

とにかく今の私にやれる最低限のこととして、なにがあろうと、お店を休まないことを心に決めた。怖かろうと恐ろしかろうと、出社はする。それだけは頑なに守りながら、私は兄が用意してくれた職場に通い続けた。

そうしてやがて四月を迎え、私の社会人二年目が始まった。

兄の店、ウォータールウ

ウォータールウでの業務自体には、重要な部分は兄がほとんど仕切ってくれたこともあってすぐ慣れたものの、私の接客は進歩のペースが遅かった。勤めだして一か月が過ぎ、二か月が過ぎても、お店のドアにつけられた鈴が鳴ってドアが開くたびに、息を吸いこんで心を落ち着けている有り様だ。

商品のことを聞かれて説明し、手入れの仕方などについて話すときも、言葉に詰まることが珍しくなかった。そんな私の言葉を、時にはゆったりと聞いてくれ、時には苦笑いしながら促してくれるお客さんたち――少なくとも叱られるようなことはなかった――は本当にありがたかったけれど、同時に罪悪感も募った。

お店には愛着が湧いていたが、そんな心持ちのせいもあって、まだウォータールウには自分の新しい場所としては完全にはなじめずにいた。

ある日、私がひとりで店番をしているときに、女子高生らしいふたり組がお店にやってきた。飾り棚に置いたイヤリングの材質についてあれこれと聞かれ、答えられるだけの知識は一応あるのに、余計な考えが頭をもたげてうまく話せない。

――お前が十代のとき、二十歳を過ぎてショップで働いている人たちを見てどう思った？

――ずいぶん大人に見えただろう。今のお前に、同じことができるか？

誰かに、そう言われているような気になる。

またあるときは、四十代くらいの女の人がチェアを見に来た。木材は国産かと聞かれたのでロシア産ですと答えると、なぜわざわざ外国産を使うのかと重ねて問われる。木材によっては乾燥のさせ方や目の詰まり方で国産よりも優れたものがあるので、などと、この程度のことなら簡潔に答えられるはずだった。でもやはり、説明はたどたどしくなってしまう。

――相手が年上だから、甘えようとはしていないか。どうせ細かく教えたところで素人にはわかるわけがないのだから、適当でいいと思っているんじゃないのか？

そう声が聞こえる。

またあるときは、若い男の人がやってきた。いや、男の人というより、男の子と言った方が似合っていた。私と同じか少し年下くらいで、全身黒ずくめの格好だ。長袖を軽くまくったシャンブレーシャツにショートエプロンを着けており、カフェかなにかのスタッフのようである。

彼はチェアとスツールをいくつか見ると、考えこむような動作で腕を組み、目をつぶる。やがて目を開けると、黒ずくめの青年は椅子のコーナーを通り過ぎ、飾り棚からブックエンドをひとつ取り上げて購入していった。

本当は、椅子を買いに来たのではないだろうか。

おそらく、冷やかしにならないように小物を買ってくれたようだが、それでも売上を考えたらありがたいことだと内心思う。

そうして、背中に冷や汗をかきながら接客している。

商品は売れるときもあれば、売れないときもある。商品単価の高い家具店では当然、後者が多い。

自信のなさは悪循環を生むもので、売れたときはお客さんのおかげで、売れないときは私のせいという観念が頭の中にこびりつき、いくら商品の販売個数が増えていっても、私の中にポジティブな感情は生まれなかった。

できることは確実に増えているはずなのに、むしろできないことの多さばかりが目について、商品を薦めるときに尻込みしてしまう。そうすると、売れるはずのものも売れなくなる。大きな赤字にはならないけど黒字も出ない、という虚しい店舗を私がつくりあげているのだと思うと、苦しかった。

ウォータールウは明るくて清潔で、木製の床でも凹凸がなくて歩きやすく、外観も内装も落ち着いた色合いの、いいお店だと思う。兄が接客するときは、明らかに私よりも販売実績がいい。私の状態さえ改善されれば、すべてがうまくいくという確信もあった。

その日を早く迎えなくてはならない。わかっているだけに、気ばかりが焦った。

七月に入ったある日、私がひとりのときに、あの黒ずくめの青年がまたやってきた。なにしろ服装が服装なので、この間と同じ人だということがすぐにわかる。夏になり、品揃えが少し変わった椅子をまた見つめていたかと思うと、ひとつ息をつき、飾り棚から木とコルクでできたコースターを三枚取り、買ってくれた。

会計のときに距離が近付くと、やや長めの髪が濡れたように黒く、それが彼全体の細身の印象をさらに引き締めていた。表情は柔和だが、どこか緊張感をはらんでもいる、幼さを残しながらも硬めの表情。

彼は、その次の週にもまたやってきた。私は、またお店にひとり。

家具店としては売上の額は小さくても、やっぱりお得意さんになってくれると独特の嬉しさがある。

やはり彼は椅子のコーナーの前で立ち止まる。椅子については普段そんなに頻繁に商品の入れ替えはしないのだけれど、この日は新作として、兄の作った黒いスツールを置いていた。座面のへこみが布地のように柔らかい曲線を描き、座ってみると優しく体を受け止めてくれる、兄の自信作だった。彼の視線は、まさにその一脚に静かに注がれている。

もう来店してもらうのも三度目なんだし、なにか気の利いた話題くらい振ってみるべきなのだろう。けれど、私の喉は「いらっしゃいませ」と唱えたあとは固く閉じてしまうのが常だった。

——いや、そんなことは言っていられない。兄のお店だからこそ、いつまでも甘えは許されない。

私が決心して口を開くのと、彼が椅子を指差したのは同時だった。

「あ、あの、よく来——」

「この黒いスツールって——」

ふたりの声がかぶさった。なにかとても悪いことをしたような気がして、私の胸中に荒波が立つ。

「す、すみません」

反射的に謝り、腰を九〇度曲げて頭を下げる私の視界の端に、男の子が困惑の表情を浮かべているのが映った。

背中を一気に冷や汗が濡らす。

落ち着け。丁寧に、感謝を込めて、応対する。それだけだ。

「いえ。あの、これほしいんです。この黒い木のスツール。よければ、今日持ち帰りたいんですが」

男の子は見れば見るほどあどけなく、でもよく見ると整った顔立ちをしている。黒い髪は柔らかくまとまっており、どう見ても優しそうで、敵意なんてもちろんまったく感じられない。でも私は、見知らぬ彼の目を見て話すことができなかった。

「は、はい。で、では、こちらにご連絡先をご記入……いただけますでしょうか。店長が戻りましたら、その……それが可能かどうか、ご連絡いたしますので」

私は目を伏せたまま、B6サイズのお客様情報カードをカウンターに出した。

すらすらと氏名と電話番号を記入した男の子の名前は、〝黒塚洋《くろつかよう》〟というらしい。服だけではなく、名前まで黒いのかと内心少しおかしく思う。

黒塚さんは、「店長さん何時頃戻られますか？」とか、「そのオーナメント全部手作りなんですか」とか、カードを記入しながらも話しかけてくれた。けれど私は、「ええ」だの「まあ、だいたい」だのといった愛想のない言葉ばかりを唇からこぼし、背中を向けて逃げ出したくなる衝動と必死に闘っていた。

　この仕事を始めてもう何か月も経つのに、カウンターでの緊張は毎回新鮮に私の体を強張らせた。そんなものが新鮮でも、ありがたくもなんともないけれど。

　黒塚さんが再びドアのベルを鳴らして帰っていくと、私はカウンターに突っ伏した。白いシャツの背中に汗が染みていないか、手の甲で確認していると、裏口から兄の声がした。

「どうだ、朝希。今日は、誰か来たか？」

　そう言って店の中へ入り、背中を丸めている私を見て、来客があったことを悟ったのだろう。兄の声に、気遣いが色濃く混じった。

「お客さんか？　なんだって？」

　どうだった、大丈夫だったか、などとは聞かない兄に、私は無言で情報カードを渡す。

「あの黒いスツールほしいって言ってたから、連絡してあげて」

「おお。目が高い客だな。……朝希、休憩してくるか」

「ううん。平気——平気」

　私は自分の席に戻り、ノートパソコンのキーボードに指を滑らせた。兄が持ち帰った伝票や書類の内容を、お店のハードディスクに落としこんでいく。

私は、弱いわけじゃない。兄に守られなくては生きていけないわけじゃない。

ただ。

ただ、昔よりもずいぶん、できないことが増えてしまった。

キーボードの上で、指先が軽やかに動く。ずっと、こうしていられたらいいのに。誰とも口をきかない仕事をしていたいのに。

相変わらず、引きこもりかけたときに抱いた思いは私の根底に今も根付いていた。

どんなに強がっても、私の本心は孤独がもたらす平穏を望んでいた。

黒手毬珈琲館にて

私の仕事はいつも、夕方六時少し前に終わる。

自作のスツールがすぐに売れたので上機嫌の兄が、「また明日な」と見送ってくれた。兄はこれからまだ数時間書類仕事をして、ウォータールウの中の仮眠室で眠る。

私は、電車で三十分ほど揺られて、ひとり暮らしのアパートへ戻る。ふたりとも独身だし、同居人もペットもいない。

まだまだ明るい夏の空に向かって早く暮れてしまえと呟きながら、私は駅へと歩きだす。なんとなく大通りを避けて、裏路地のような道を選んでしまう癖が、いつの間にかついてしまっている。どちらかといえば狭い道の方が、人とすれちがうとき余計に緊張してしまうのだけれど、それでも最初から人通りの多い道を選ぶことができなかった。

そして同じ裏路地でも、毎日同じ道をたどるのが嫌で――別に誰が見張っているわけでもないのに――、少しずつ別の枝道を選んでゆっくり歩くので、普通に駅に行くまでの所要時間の倍近くかかるのが常だった。

早く冬になればいいのに。夜がさっさと空から降りてくれれば、誰が誰だかわからないくらい暗くなってくれれば、もっと気楽に歩けるのに。

この街は大通りでなくても飲食店の類いがぽつぽつと建っていて、裏通りには夕暮れとともに閉まる食堂もあれば、これからかき入れ時を迎える居酒屋もある。

今日は特別暑かったので、なにか冷たいものを飲みたくなった。私が冷房が苦手なのと、小さな家具店には女性客が多いのとで、お店の冷房はかなり控えめに設定していた。そのため、暑くなる日はどうしても熱が体の内側にこもる。

ふと、薄暗くなりつつある路地の右手に、モスグリーンのシェードのついたコーヒー店を見つけた。濃いブラウンの壁に、大きめの窓があり、中が見える。

あまりお客さんは入っていないようだった。けれど、店内は清潔で、よく整えられているのが外から見てもわかった。

ドアの前には私のお腹くらいの高さのイーゼルがあり、そこに立てかけられた黒板には、ブレンドやストレートコーヒーの値段が白いチョークで書かれていた。

一般的な相場よりも、少し安い気がする。メニューの中にアイスコーヒーを見つけ、そういえば今年はまだインスタントでしか飲んでいなかったな、と思い至った。

シェードに書かれた店の名前を見てみると、『黒手毬珈琲館』というらしかった。

不特定多数の知らない人と往来で邂逅《かいこう》するのは苦手だが、こうしたお店の中では安心感が得られるせいか、私は仕事帰りにカフェなどに寄り道することが多い。まっすぐ家に帰ってひとりきりで部屋にいるのは、まだ苦手だった。

試しに入ってみようかな、と少し考えていると、ドアについている小さな窓越しにカウンターとテーブルが見えた。

そして私の目が、ひとつのテーブルの前に釘付けになった。つい、もっと中をよく見ようと前のめりになる。

まちがいない。そこに置いてあるのは、今日来た黒ずくめの男の子に注文された、うちの黒いスツールだった。あのあと、情報カードをもとに兄が連絡を取り、納品に行ってきたのは知っていたけど、それがなぜここにあるのか。

――いや、なぜってことはないんだけど。つまり……。

よく見ると、どのテーブルに据えられた椅子も、形がまちまちだった。それでも座面の高さはどれもほぼ揃っており、色もデザインも店内と調和しているので違和感はない。むしろお洒落に見えた。

そして私は、そのときようやく、カウンターの中の人影が戸惑いがちに私を見ているのに気付いた。

あの男の子――黒塚さんだった。

私と目が合うと、彼はぎこちなくほほ笑んだ。そして、とことことドアまでやってきて、ノブを引く。

「こんにちは。家具屋さんの方ですよね、ウォータールウの。椅子を見に寄ってくださったんですか？」

私は自分がどんな顔をしていたのかを自覚して、その顔から火が出る思いだった。口をポカンと開け、ドアににじり寄るようにして、ばかみたいにスツールを凝視している間抜けな表情。

「……あ、いえ、ちがうんです……そんなんじゃなくて、そのう……あの」

「ちがう？　あ、じゃあもしかして、お客さんとして？」

そこで、それもちがいますと言って〝回れ右〟するだけの精神力が、私にはなかった。

「そ、そうですね、喉が渇いたので、なんて……あ、あの、時間とかまだ大丈夫ですか？」

どちらかといえば、「もう閉店ですよ」と言われてそのまま帰ってしまいたい気持ちの方が強かったのだが、彼はあっさりと、

「全然問題ありません。これから少しすると混む時間になりますし、平日は八時くらいまでは開けてますので」

と言って、私を店内に誘った。バリスタというのだろうか、彼の服装はうちのお店に

来たときと同じ、黒一色のいでたちだった。

黒手毬珈琲店はやや薄暗く、バーのような雰囲気だった。席数は二〇前後といったところで、ほかにお客さんがふたりほどいた。外装と同じ、濃いブラウンの木の壁はほとんど黒色に近い。

カウンターの後ろには焙煎《ばいせん》豆が詰められているらしい、家庭用のポットよりひと回り大きいくらいの白い陶器の入れ物があり、ブレンド、モカ、キリマンジャロなど、私でも聞いたことのある名前のラベルが貼られている。その上には、何種類ものコーヒーカップやマグがディスプレイされていた。壁や棚板が黒いので、白地を基調としたものが多いそれらは、とてもお店の中で映えている。

サイフォンはなく、カウンターの周りはすっきりとしている。その内側で働く人の姿が見やすそうで、適度な開放感があった。日暮れ時の今はシックなランプが柔らかく店内を照らしていて、とても落ち着く。

ふと見ると窓際の壁に飾り棚があり、そこには赤い手毬がひとつ飾られていた。たしか店名は黒手毬といったはずなんだけれど。

いつもなら飲食店でカウンターに座るのは苦手なので控えるところを、この日は黒塚さんに促されるままに、カウンターの端から二番目の席に座った。

私と入れ替わりに、先客のふたりが出ていく。会計を済ませると、黒塚さんが私の前に戻ってくる。これで、店内はふたりきりだ。

厚い紙を金具で補強したメニューをスタンドから引き抜いて、開く。黒塚さんがカウンターの内側でなにやら作業しはじめたので、焦ることもなくゆっくりと、そこに書かれた文字を目で追った。

ブラジルやマンデリンといった豆の名前くらいは私でも聞いたことがあったけれど、メニューには豆の焙煎具合まで書かれており、小さく添えられた注釈を読まなければ、どんな濃さや味なのかがすぐにはわからない。

ひととおり目を通したあとに私の出した結論は、「まあアイスコーヒーでいいか」だった。

顔をあげて注文しようとしたとき、私の前にコーヒーカップが置かれた。紅茶用のカップのように上に向かって少し広がっている、薄くて軽やかな形だった。中をなみなみと液体が満たしている。

「いい椅子が買えたので、これはそのお礼です。ちょうどほかにお客さんもいませんし、内緒ということで。お好みのコーヒーは、ご注文いただいたらちゃんと淹れますから」

「あ、ありがとうございます。……いただきます」

カップの中の液体を見ると、コーヒーにしてはずいぶん薄い色をしている。アメリカンどころではない。一瞬、紅茶かほうじ茶かと思った。

「これ、コーヒーなんですか？」

「スーパーライトローストといって、つまり、超浅煎《あさい》りということですね。あまり注文されることはないんですけど」

カップを手に取り、一口飲む。コーヒーの味や香りはあまりしなくて、独特の、柔らかな酸味が口の中に広がった。熱い液体が喉を通り過ぎると、ほんのりとなじみのあるコーヒーの香りが鼻に抜ける。新鮮な味わいだった。

「酸っぱすぎたら、すみません。ほうじ茶とか熱い麦茶と同じ感覚で、夏に飲むのが好きな人が多くて。よかったら、と思ったんですけど」

「……おいしい。私、コーヒーの酸味は苦手なんですけど、これはなんていうか……爽《さわ》やかで」

不思議と言葉がすらすら出た。避暑法のひとつで、暑い日に熱いものを飲むというのがあった気がする。酸味が強いのも、夏だと飲みやすくていいのだろう。

「あの、お店に寄ってくださって、ありがとうございます。私、いつもたどたどしくて、すみません」

「いいえ。こちらこそ、好みの一脚をそこら中で探していたものですから、何度も冷やかしみたいにうかがってしまって」

「気を遣って、必要ないものを買っていただかなくてもいいんですよ」

「本当に必要でなければ、購入しませんよ。そのときどきでほしくなったものをちゃんと買ってますから」

　そう言って微笑する黒塚さんは、なんだか私よりも受け答えの仕方が大人のそれに思える。

「ありがとうございます。あそこは、兄のお店なんです。私が勤めだしたのは今年の春からで、まだそんなに経っていないんですが。……あ、私、ミズミチといいます。水路朝希。黒塚さん、ですよね。お名前は、カードを見て」

　私離滅裂に話す私に、彼はくすりと笑うと、

「ここも僕の家族の店なんです。祖父がマスターで。でも、僕も精いっぱい務めさせていただいています」

「そ、そうなんですね。……あ、注文がまだでしたね。アイスコーヒーを」

「はい」

　黒塚さんはこくりとうなずくと、白い陶器の瓶から黒い豆――こちらはスーパーライ

トどころか、かなり深煎りのようだった——を小さな銀色のスコップのような器具で取り出し、電動のミルで挽《ひ》いた。粉をペーパーフィルターののったドリッパーに移し、口の細い縦長のやかんからお湯を注ぐ。

コーヒー店の、この光景は昔から好きだった。ガラス細工のように一定の細さで注がれるお湯が、コーヒー豆の砂丘に吸いこまれていく。

粉に触れたときはほとんど音を立てないお湯が、粉のまん中を炭酸ガスでドームのように膨らませ、ふつふつと気泡を鳴らした。蒸らすために一度お湯の注入が止まり、数十秒してから、再び熱く柔らかなつららが粉に降り立つ。静かに「の」の字を描く透明の液体が、その身に豆から宿した味と香りを溜《た》めこんで、ドリッパーの下のガラスの容器に降っていく。

濃厚で、華やかな香りが一気に強まった。褐色の液体が、やがて容器を満たす。ドリッパーを外した黒塚さんが、容器の中身を、大きめの氷をぎゅうぎゅうに詰めこんだグラスに流しこんだ。彼が黒く細いマドラーで軽く氷を回し、アイスコーヒーが完成した。気が付くと、体から少しずつ汗が引いていた。店内はそれほど冷房が強くないので、体が冷えることもなく、ちょうどいい温度だった。

「どうぞ」

出されたアイスコーヒーをストローで吸いこむと、研ぎ澄まされた冷たい苦味が私の体を流れ落ち、体に溜めこまれた熱が溶けて消えていく。

そして、スーパーライトローストとは打って変わった本格的な味に、私は思わず陶酔《とうすい》した。コーヒーは好きだけれど特別通でもなんでもない私が、こんなに感銘を受けるということは、きっとかなりおいしいコーヒーなのだろう。

グラスはすぐに、半分ほどが空く。こんな勢いで飲んでいては、お腹を壊すかもしれない。そして、ふと思い至った。

「あの……」

「はい？」

黒塚さんと目が合った。

兄以外の人と、まっすぐに視線が絡みあったのはいつ以来だろう。店でお客さんに対しても、そうそうない。それに気付いただけで、私の喉は気道を狭め、声がせき止められた。

「い、いえ……なんでも……」

と、かろうじて虫の羽音のように小さい声を漏らして、うつむく。

一度意識してしまうと、それ以上会話を続けることができなくなった。

そのあとは、なにをどう話したのかよく覚えていない。アイスコーヒーを飲み干し、支払いをして、家へ帰った。

私が出ていくのと入れ替わるようにして何人かの客が店内に入ってきて、それを出迎えながら私に、

「ありがとうございました」

と手を振る彼の姿を、かろうじて覚えている。


ひとり部屋に戻り、部屋着に着替えて、ベッドに座る。

思えば、視線以前に、買い物や注文のやり取り以外で他人と話――と言えるかどうかは微妙だけど――をしたのも、久しぶりだった気がする。

部屋のまん中のローテーブルに置いたノートパソコンを立ち上げ、スーパーライトローストを検索した。どうやら試飲やテイスティングに使われることが多い焙煎方法で、好きこのんで飲む人は多くないようだが、今日飲んだものはおいしかった。

黒塚さんの腕は、かなりいいということなのかもしれない。

そして。

ベッドの上に、仰向けに寝転ぶ。

あのコーヒー店で、気付いたけど言えなかったこと。

今日は暑かった。私が注文するものは、アイスコーヒーである可能性が非常に高い。さらに暑いだけに、一気に飲み干してしまうこともあり得た。アイスコーヒーは氷に注ぐ際に必然的に薄まるのと、それにそもそも薄いとおいしくないので、抽出のときは濃いめに淹れるはずだ。十分に冷えたそれを一気に飲んだら、体調に障る恐れがある。たしかコーヒーにはもともと、体を冷やす作用もあったはずだ。

――少しでもそれを軽減するために、温かくて薄味の飲み物を最初に出してくれたのではありませんか？

さっき、そう言おうと思ったのだ。けれど、「そんなことはありませんよ、偶然です」と言われるのが怖くて、口に出せなかった。

それならそれで、かまわないではないか。その程度の会話で失うものなどなにもない。それよりも本当に気遣ってくれたのなら、お礼のひとつくらい言うべきなのに。

わかっている。なのに、そんなことすらできなくなってしまった自分が情けなかった。これからずっとこんなふうに、甘ったれながら生きていくのだろうか。

どうして、こんなことになったんだろう。

少なくとも高校生の頃には、自分がこんな人間になるなんて思いもしなかった。

あのときは、山殻《やまから》先生がいた。

今の私は、どこにいればいいのだろう。優しい家族に甘え、居候のように役立たずに店にいる。あの店が自分の居場所だと言っていいのだろうか。

そんなわけはない。

わかっている。でも、どうすればいいんだろう。今の、私は。

新たな居場所

黒手毬珈琲館を初めて訪れた翌日、私はいつもより念入りに商品の掃除をしていた。テーブルや椅子といった〝大物〟はすぐに手入れをし終え、飾り棚の小物も一つひとつ丁寧に埃《ほこり》を払っていく。

我ながら単純だが、買われていった商品が実際に使われているところを自分の目で見たために、責任感のようなものが胸の中に生まれていた。

それから、週に数回、私は黒手毬珈琲館に通うようになった。

仕事にもプライベートにもほとんど楽しみを見いだしていなかった私の、それは密《ひそ》やかな趣味になった。

役立たずとして送る、なにも起きない毎日を、私だって心から望んでいるわけではない。でも、自分からなにかを始める気力が、私にはなかった。仕事からの帰り道にあるコーヒー店に立ち寄るというのは、そんな私のささやかなリハビリでもあった。

今のところ、私にできるのは、開店前に商品の埃を取ることくらい。でも、どんなに小さくても、私にとっては貴重な一歩だった。

黒塚さんはブレンドや世界各地のストレートコーヒーのほかにも、行くたびに私の知らない多様なコーヒーを淹れてくれる。

私が黒手毬珈琲館に行く時間は、うまい具合にお店が空く時間帯なので、よく黒塚さんと店内でふたりきりになった。

「未熟者の、実験作ですから。言うまでもなく、ほかの方には内緒ですよ」

と言って、アレンジコーヒーのときは格安でふるまってくれることもある。

黒塚さんのコーヒーは、たとえば同じミルクを入れるのでも、その温度や量や泡立て具合を変えると、まるで別物のような味わいに変化した。

時にはアイスコーヒーとミルクをグラスの中で二層になるように注ぎ分けたり、あるいはそこから少しだけマドラーで混ぜてマーブル模様を作り出したり。

あるときは、先に爪のついたスプーン——ロワイヤル・スプーンというらしい——にお酒を染みこませた角砂糖をのせ、コーヒーカップの上にそのスプーンを渡して、黒塚さんがその角砂糖にマッチで火をつけたりもした。控えめな照明の店内で角砂糖が青い炎に包まれ、その火が消えてから、角砂糖をコーヒーに落としてかき混ぜて飲む。カフェ・ロワイヤルというのだと聞いた。火で溶けた砂糖が香ばしく、アルコール分はとんでも味わいは残っているお酒の香りと相まって、王室という名前のとおり、特別な飲み物だという感じがした。

黒塚さんが出してくれるコーヒーは、私が知りもしなかったアレンジコーヒーも多かったけれど、その材料が思いきり珍しいとか、極端に高価だということはほとんどなかった。むしろ、見覚えのある材料の組み合わせで新しいおいしさをもたらしてくれることに、いつも驚かされた。最初に黒手毬珈琲館のイーゼルを見たときに感じたとおり、ここのコーヒーの値段は比較的安い。でも、ほかのお店で倍の値段のするコーヒーと比べても、味も、楽しさも、黒塚さんが与えてくれるそれの方が上だった。

サービス業で大切なのは、値段じゃなく、会社の規模でもなく、誰がどんなサービスをするか。世の中で、よく聞くフレーズではある。私はその実証例を、カウンターの向こう側とコーヒーカップの中に見ている思いだった。


真夏の暑さも盛りになったお盆の少し前。

昼下がりのウォータールウで、前日に兄が持ちこんだ仕入れ予定商品の明細をパソコンに打ちこんでいると、来客があった。店のドアが開くとむわっとした外気が遠慮なく店の中に入ってくる。

単純に慣れてきたせいなのか、ドアのベルが鳴っても、最近では前ほど怯《おび》えることはなくなった。今でも緊張はするけれど、お客さんがUターンして帰っていくことすら期待したこともある数か月前よりは、進歩したのだと思う。

「い、いらっしゃいませ」

それでも、まだ言葉がつかえる。

「よう朝希ちゃん。繁盛してる？」

がっしりとした大きな体で店内に入ってきたのは、兄と同じ先生について仕事をしているという、加倉井《かくらい》さんという兄の友人だった。仕事でも、それ以外の用事――主に兄へのお酒のお誘い――でも、月に何度か顔を出してくれる。

「ご、ごめんなさい、兄は、今、出かけていまして」

「ああ、知ってる。先生が新しいソフト入れたから、今日は事務所に缶詰めになって触ってるよ」

「ソフト？」

「ああ、設計に必要なパソコンのソフトだよ。朝希ちゃんは、書類仕事と接客専門だもんな。帰ってきたら兄貴に聞いてみな、そのうち仕込まれるかもしれねえし……ああ、悪い、邪魔したな。今日はたまたまここ通りかかったからさ、さあどうぞ」

加倉井さんが体をよけると、後ろからきれいな銀髪のおばあさんがお店に入ってきた。

「ご無沙汰《ぶさた》してます、お嬢さん」

「あ、はい。先日はありがとうございました」

姿勢や着ているものから品のよさが伝わるそのお客さんは、先月うちで木製のテーブルを買ってくれた方だった。物腰の丁寧さが、よく印象に残っている。

「あの机、とてもいいわ。椅子に座って肘《ひじ》をつくと、木の柔らかさに包まれているみたい」

兄が仕入れた、有名な作家の椅子だった。この縁の曲線には人間工学がどうだこうだと私に熱弁する、兄の姿も覚えている。

たしかあれを売ったときは、私が付け焼き刃で説明するよりはと、実際におばあさんにテーブルについて、店内にあったインテリアの本などを数分読書してもらい、使い心地を気に入っていただけたのだった。曲線がかった形も素敵なテーブルだったけど、一番の特長は使い勝手にあると思ったし、それはまちがいではなかった。

「でね、これは息子が送ってきたものなんだけど、よかったらどうぞ。私たち夫婦には多すぎて、持て余しちゃうのよ」

そう言っておばあさんは、オレンジが詰められた袋を私にくれた。軽く十個くらいは入っている。

「こんなにたくさん」

「無農薬だから、皮まで使えるらしいのよ。これ、陳皮《ちんぴ》になるのかしら」

小首をかしげるおばあさんを前に、甘酸っぱい匂いを嗅《か》いだ私の口の中にはもう唾液があふれてきた。

「それでは、またね」

「は、はい。また、よろしくお願いいたします」

おばあさんは、ゆっくり歩いて遠ざかっていく。私はオレンジの袋を抱えたまま、その後ろ姿を見つめて立ち尽くしていた。

加倉井さんも私の隣に立ち、手でひさしをつくっておばあさんを見送っていた。

「やるじゃん、朝希ちゃん。あの人は、君の客だぜ」

「……はい」

文房具の受発注の仕事も、やりがいはあった。あの頃の方が今よりもずっと忙しかったし、それなりの評価もされていたと思う。

でも、このときに私の胸に灯った温かさは、今までに経験のないものだった。

家具を買った人は、それからの生活をその家具とともにしていく。兄を含めて、家具の仕事に携わる人のやりがいというのは、そこに大きく起因するのだろう。私は家具店に勤めながら、その喜びの種をようやく手にしたのだと思う。胸を縛りつけられるような苦しさの中でも、ぎこちなくて未熟な対応ばかりでも、頑張ってきてよかったと、そう思っていいのだろうか。また、頑張ってもいいのだろうか。

このオレンジの香りは、ずっと忘れないと思った。

ウォータールウの閉店後、私は久しぶりに実家に寄り、母にオレンジの紙袋を渡し、その中から五つ分けてもらった。

それを持って、黒手毬珈琲館へ行く。今日も、ちょうど空いている時間に入ることができた。

「黒塚さん、いつものお礼です。うちのお客さんからいただいたんです、無農薬ですって。おいしいと思います。なんだか、もう香りがおいしそうです」

「ありがとうございます。お切りしましょうか」

「いえ、黒塚さん、召しあがってください。いつも私ばかり、お世話になってますから」

そういえば自分の分を確保し損ねたと、今になって気付く。明日にでも、母に分けてもらおう。

「では、ありがたくいただきますが、よければこれを使って一杯淹れますよ」

黒塚さんがそう言った。オレンジの果汁でもコーヒーに注ぐのだろうか。そう思って見ていると、どうやら皮を使うらしかった。

黒塚さんはペティナイフで、大根のかつらむきのようにくるくるとオレンジの皮を上から下までむくと、それをアイスコーヒー用のグラスに入れた。細長いグラスの中で、オレンジの皮はらせん状になって、底から飲み口まで立ち上っている。

黒塚さんはそこに氷とコーヒーを注いでアイスコーヒーをつくり、最後に果汁を数滴搾《しぼ》り入れてから、私に差し出した。

「オレンジ味のコーヒーなんですか？」

「味というより、香りですね。フルーツの中には、紅茶のようにコーヒーと相性のいいものもあるんです」

飲んでみると、オレンジの香りがコーヒーの重厚な味わいを軽くしてくれて、華やいだ気分になる。変わった風味が、文句なくおいしかった。

「これは暑ければ暑い日ほどおいしくなる、そして無農薬の新鮮な柑橘《かんきつ》類がなければ飲めない、贅沢《ぜいたく》なコーヒーなんです。今日みたいな猛暑日に淹れられて、嬉しいです。ありがとうございました」

奢《おご》り同然でコーヒーを飲ませてもらっているのは私なのに、黒塚さんは本当に嬉しそうだった。

私は黒手毬珈琲館に来てから、どんなコーヒーでも一度も期待を裏切られたことがない。黒塚さんは私より年下に見えるのに、客商売の飲食業という大変な仕事を十二分に全《まっと》うしているように思えた。

ときどき、店番がうまくいかないとき、胸にちくりと劣等感の棘《とげ》が生まれる。けれど、そんな負の感情も、黒塚さんの淹れてくれた濃厚で丁寧な味わいのコーヒーを飲むと、忘れることができた。

私たちは、特別親しく会話を続けるようなことはなかった。今の私はひどく口下手だったし、しゃべるよりもコーヒーを味わう方に集中したくて、黙ってしまうことも多かった。

黒塚さんも、あまり私にさまざまな話題を振ってくるようなことはしない。いろいろ詮索《せんさく》しすぎないよう、客商売上のマナーとして一線を引くことを心がけているのかもしれない。

けれど、私は黒塚さんのコーヒーに対する感動をわかりやすく表情に出していたし――なんだか少し恥ずかしいので隠そうとしても、無駄な努力だった――、黒塚さんの真摯《しんし》さはカップの中身を通していつも私に伝わってきていた。なんだか、不思議な感覚だった。

通ううちに黒手毬珈琲館のマスターである、黒塚さんのお祖父さんにも何度かお会いできた。黒塚さんのコーヒーもおいしかったけれど、マスターの淹れるそれは、さらにバランスや味の澄み方が一段上なのが、素人の私にもわかった。身長は一七〇センチ半ばに見える黒塚さんよりもマスターの方が頭ひとつ分低かったけど、柔らかそうな銀髪が上品で、存在感があった。直線的でかっちりした体は、けれど優しく丸みを帯びた動作で動き、長年磨かれてきた年季が感じられた。

一度、黒塚さんが席を外してマスターとふたりきりになったときに、私はそっと打ち明けた。

「あの、私、黒塚さんに、よく規定外のお値段でコーヒーをいただいてるんです。マスターはご存知じゃないですよね。すみません、私、甘えてしまって……」

「いいえ、聞いておりますよ、お気遣いなく。洋も、修業させていただけてありがたいです。これからもご迷惑でない範囲で、お付き合いください」

話しながらもマスターの手はよどみなく動き、豆にお湯を注いでいく。マスターがやかんから注ぐお湯の線は、ドリッパーの上で「の」の字を描いて動きながら、まるで時の流れがそこだけ止まっているかのように、注ぎ終わるまで太さがまるで変わらない。

黒塚さんの技術を見たときも驚いたが、マスターはやはりそれ以上だった。

「お客様には余計なことを申しますが――基本となる淹れ方のみでなく、お客様に合わせた一杯をお出しする修業というのはですね、信頼できるお客様がいてこそ可能なのです。あれにはこれまで、そうしたお相手がいませんでした。料金については、得がたい方へのお礼ということでわたくしも承諾しております。どうぞご遠慮くださいませんよう」

「信頼できるお客さん、……ですか」

「ええ。こればかりは、わたくしが教えてどうにかなるものではございませんから」

マスターが、コーヒーカップを私の前に置いた。外側はモスグリーンの地を、細い金の線が彩り、内側は白くてコーヒーの色がよくわかる、私のお気に入りのカップだった。

黒手毬珈琲館には、同じカップは一客もない。その日その日でどのカップに当たるかが、最近の私のささやかな楽しみでもあった。

この日のコーヒーは夏仕様で、普通のブレンドよりもやや酸味が強かった。けれど苦味とのバランスがしっかり取れているので、まったく苦にならない。それどころか、ひと口飲むごとにどんどん香りが際立ってきて、その刺激で、暑さに疲れた体に元気が戻ってくるように思えた。いったいどんな淹れ方をしたら、こんなふうになるのだろう。

「でも、私、黒塚さんとはついこの間知りあったばかりなんですよ。うちのお店に、あのスツールを買いに来てくださって。信頼されるようなことなんて、私はなにもしていないんですけれども」

「それでは洋なりに、お客様になにかを感じたのでしょう。そしてそれは、誤りではなかったということは、わたくしにもよくわかります」

マスターがにっこりと笑うと、私は恥ずかしくなって慌ててカップを口に運んだ。

気が付けば、口数自体は多くはないものの、黒手毬珈琲館のふたりとは普通の会話ができるようになっていた。

ここで一度カップを傾けるたびに、私が失くしてしまったものがひとつずつ手の中に戻ってくるようだった。

クロス・ロード

　お盆も過ぎた頃、私が閉店間際のウォータールウで腕組みしていると、在庫置き場から出てきた兄が声をかけてきた。

「どうかしたのか？」

「お兄ちゃん、お店の……」

「おお？」

「……レイアウトって、少し変えてみてもいい？」

　兄は、だめとは言わないとは思っていた。それでもやっぱり、遠慮してしまう。

「どんなふうにだ？」

「全体的に、通路を広めに取って、もっと歩きやすくできないかな。うちって女性客が多いでしょ、スカートの裾がけっこう商品に当たるから、気になるみたいで。……え、な、なに？」

　兄は、じっと私を見つめていた。

「お前、最近やる気出てきたな。朝、掃除もしているみたいだし。……いいじゃねえか。

任す」

気付いていたのか。

「ま、任せないでよ。具体的にどうやるかなんて、私わからないもん」

「そんなもん、実際に物を動かしながら、あーだこーだ考えるんだよ。で、ほかには？」

「あ、ええと……小物が今、奥の壁の棚に陳列してあるけど、入り口の近くにも少し置きたいかな。なにか、見栄えのするものだけでも。入っていきなり椅子やテーブルだと、身構えちゃう人もいるみたいで」

単価が低い分、数で言えば当然、家具よりは小物の方がよく出る。私自身、インテリアを買うことはあってもそうそう家具を買い足すということはなかったので、雑貨を充実させることはお店自体の敷居を低くする効果があると思ったのだ。

とくに十代から二十代前半のお客さんは、男性でも女性でも、入り口近くに何万円もする家具が置いてあると、早々に店をあとにしてしまうことがよくあった。たとえ少額でも売上がほしいというのはもちろんあるが、それと同時に、せっかく入ってきてくれたのだから、なにかひとつでも楽しい買い物をしてもらいたいという欲求も店員としてはある。

「たしかに、雑貨も家具のおまけじゃなくて、売りものプラス店の中への誘導役にも使えたらいいかもな。任す」

「だ、だから任せないでよう」

兄は、口の端を曲げてにやりと笑った。

「まあ、やってみな。なんで俺がしんどい思いしてでも自分の店ってものがほしくなったのか、割と早くお前にもわかるかもしれないぜ」

兄は、「明日から少しずつ進めてみろよ」と言って、その日は私を帰らせた。


そうして八月も終わる頃。いつものように私が仕事のあとに黒塚さんのお店に行くと、カウンターに見慣れない女性客が座ってメニューを開いていた。

店内だというのに小振りな麦わら帽子を被ったままで、大きなサングラスをしている。私はその人から二席ほど空けてカウンターに着き、いつもどおりこの時間はマスターがいないので、ひとりでお店に立っている黒塚さんに、ブレンドを注文した。ほかのお客さんがいるときは、メニューにないアレンジコーヒーは頼まないのが私なりの決め事だった。

横の女性客はスタイルも顔立ちも整っていて、セミロングで軽くウェーブした髪には驚くような艶《つや》がある。華やかな雰囲気を放っていて、私には見覚えはないけれど、芸能人かもしれないと思った。けれど、どのみち知らない人なのだから、別に気にする必要はない。

黒塚さんが、私に「かしこまりました」と言って準備を始めた。

すると、コーヒーカップにドリッパーをのせた黒塚さんに、女性客が声をかけた。

「待って。ねえ、このお店はペーパー・ドリップなの？」

「ええ」

黒塚さんは、手をなめらかに動かしながら答える。

「私、コーヒーにすごく詳しいお知り合いがいるの。その人が、ペーパー・ドリップは紙臭くなるし、コーヒー本来の味が出せないって言ってたわ」

私は、ぎょっとして思わず横を見た。この人はコーヒー店でいったいなにを言いだすのだろうか。けれど、黒塚さんは嫌味なくほほ笑みながら、

「当店のフィルターは、匂いの出ないものを使っています。味にも、僭越《せんえつ》ながら自信がありますよ」

と柔らかく告げた。自信は、本当にあるのだろう。マスターには及ばなくても、私も黒塚さんのコーヒーはひいき目なしにおいしいと思っている。

「でも、コーヒー本来の味は出せないんでしょう？　豆本来の味を全部引き出すには、

上からお湯を注ぐだけじゃだめなのよ」

「フレンチプレスがお好みということでしょうか？　それでしたら、ご用意できますけれど」

「そう、それそれ。普段は隠してるの？　味のわかる客にしか出さないってことなのかしら。言っておいてよかったわ。私にも紙で淹れられたら嫌だもの」

なにが楽しいのか、まさにそのペーパー・ドリップで淹れられている私のコーヒーを目の前にして女性客はおかしそうに笑っている。

「お客様、ペーパー・ドリップにはペーパー・ドリップの、フレンチプレスにはフレンチプレスなりのよさがあります。淹れ方に優劣や上下関係があるわけではないですよ」

ほほ笑みを絶やさないままそう言って、黒塚さんは私の前にコーヒーを置いてくれた。深みのある、けれど爽やかな香りが立ち上る。この一杯のどこをけなす気になれるのだろう、と私は不思議に思った。

女性客は、マンデリンを注文した。

黒塚さんは、後ろにある棚から、縦に細長い透明の容器を取り出した。初めて見るけれど、これがフレンチプレスというのだろうか。女性客が「これこれ」と愉快そうに言う。

小さな水筒くらいの容器の中には注射器のようなもの――プランジャというとあとで教わった――がついていて、調理器具というよりは実験道具みたいな形をしている。黒塚さんは容器の中にお湯を入れて温めるとそのお湯を捨て、コーヒー粉と新しいお湯を入れてから、引きあげてあったプランジャを一気に押し下げた。粉の中に閉じこめられていた成分が一度に放出されたようで、濃厚な褐色の液体が容器の中に満ちる。

「今、コーヒー本来の味が抽出されたのね」

さっきからこの女性客は、一杯のコーヒーを頼む間に何度〝本来〟と言うつもりなのだろうと思ったけど、なるほどこのやり方をすれば、豆の中に詰まったものを余すところなく引き出せるようには見えた。

黒塚さんは容器の中身を温めてあったカップに移して、女性客に差し出す。

「いい香り。……うん、やっぱりおいしいわ。私もう、こっちの淹れ方のコーヒーしか飲めなくなっちゃって」

女性客は、ひと口飲んでそう言った。

おいしいというのは、本当だろう。私はなんとなくもやもやした気分を抱えていたけど、女性客の嬉しそうな顔を見ていると、まあいいか、と思えてきた。

女性客は、やおらスマートフォンを取り出すと、コーヒーの写真を何枚か撮った。

「ほら、店員さんも撮らせて。私のブログでお店の宣伝してあげる」

黒塚さんが困ったように苦笑する。

「僕はいいですよ、コーヒーだけ撮ってやってください。店名も出さなくて結構ですから」

「なに言ってるの、プロならどんな機会でも利用しなくちゃだめよ。私もずっとそうしてきたわ。数字にこだわり、結果にこだわり。ほら私、女でしょ、本業以外で評価されることも多くて、つらいこともあったけど、でも負けなかった」

「大変なお仕事をされているんですね」

「コラムニストなの。なにからなにまで自分ひとりでやらなくちゃならないからさ。身内や関係者にも足を引っ張られながら、妥協も言い訳もしないで、プロの文章家の誇りだけでやってきたわけ」

この人はコーヒーを飲みに来たのか、しゃべりに来たのかよくわからなかったけれど、そういえば私のように、ろくに口もきかずにコーヒーを飲むだけの客の方が珍しいのかもしれない。私には、連れてくる友人もいないし、黒塚さんを話し相手にするのも悪い気がして、どうしてもできないが……。

自分の中に、また卑屈な気持ちが生まれる。

「そうするとさ、やっぱり一流の人たちはプロとしての私を評価してくれるのよね。プロに評価されてのプロじゃない？　やっぱり。結果が出せないときもあるけどさ、プロの仕事って、どこかで必ず誰かが――」

ひとりで思索にふけろうとしても、女性客の甲高い声での独演がそれを妨《さまた》げる。さっきは〝本来〟、今度は〝プロ〟と、気に入った言葉を連呼する癖があるのだろうか。

個人的には、サラリーマンでもアルバイトでも、プロと称されるべき働きぶりの人は世の中にたくさんいると思う。別に一流の人にプロと認められていなかったとしても。

でも私は、とても自分をプロなどと呼称することはできなかったし、いつかそうなれる気もしなかった。そこまでの自信を持って生きることは、もう私には一生できそうもない。

「じゃあ、今晩にもブログにアップするから見てよね。私の名前は――」

女性客は自分とブログの名前を黒塚さんに告げると、

「ごめんねえ、口頭で。プロは仕事が名刺だからさ、紙の名刺って私持ち歩かないのよ」

と言って残ったコーヒーをあおり、黒手毬珈琲館から出ていった。

「……あのう、黒塚さん」

「はい？」

「ペーパー・ドリップって、本来のコーヒーの味は出ないんですか？」

本来、というところにわざとアクセントをつけて聞いてみる。やっぱり気になったので、素直に聞いてみることにしたのだ。

黒塚さんは困った顔をして笑った。

「その言い方は語弊があると思いますが、ちょっとさっきのお客様は意志が固そうだったので、ご説明できなかったんです。よかったら、試してみますか。試飲ですから、サービスです」

そう言って黒塚さんは、フレンチプレスのコーヒーを手早く一杯淹れた。

「表面を見てください、油膜があるでしょう。おそらくさっきのお客様——正確には、ご友人ですね——がおっしゃっていたのは、主にこうしたコーヒーの油分のことだと思います。ペーパー・ドリップだと紙のフィルターが油を吸うので、カップの中には注がれません」

「その油の分だけ、フレンチプレスの方が豆の味を全部出せるっていうのは、本当っていうことですか？」

「全部とは言っても、コーヒー豆にはえぐみや雑味もありますので。そこまで出したらおいしくないですから、全部と言うのは正確ではないかと。コーヒーオイルも雑味だと言う方もいますし、そもそも油分が苦手な方もおられます。僕としては油がなくても、淹れ方次第でコーヒーのおいしさは伝えられると思っています」

口調は控えめだけど、言葉の中には、コーヒーを淹れるということに真摯に向きあっている人なりの自負が感じられた。私なんかが同じことを言っても、きっとまるで重みがちがう。

私は、素直にうなずいた。

「淹れ方もほかに、ネルドリップや水出しというのもありますから、本当に好き好《ず》きなんです。そもそもフレンチプレスとペーパー・ドリップでは抽出の理屈が異なっているので、抽出される味も、……いえすみません、細かい話ですね」

こんなに長く黒塚さんの話を聞くのは初めてかもしれないな、と思いながら、私はたった今黒塚さんが出してくれたフレンチプレスのコーヒーを飲んでみた。

たしかに油分のために力強く濃厚だったけど、どこか味が単純な気がする。私はいつもの方が、複雑な味のバランスが取れている気がして好きだ。

「黒塚さんって、しっかりしていらっしゃるんですね……」

「お祖父さ……マスターに習ったとおりというだけですよ」

さっきのお客さんにも、下手に言い返すと恥をかかせることになると思って、聞き役に徹していたのだろう。ただコーヒーを淹れるのがうまいだけではない、ということなのだ。

　立派だ、と思う。そして——今のこんな自分が恥ずかしい、とも思う。

「若いけど、黒塚さんはプロ、なんですもんね」

「人から認められてこそのプロですから。自分の口でそう名乗っても仕方ないですよ。仕事ぶりを見せることなく、聞かれてもいないのにプロ論を語る自称プロって、僕の理想から一番遠い姿なんです。……あ、いえ、さっきのお客様のことじゃないですよ」

　慌てふためく様は、本当に幼い少年のようだった。

「僕は子どもの頃からマスターを見てますしね。なかなか、僕はプロのバリスタです、なんて思いあがれません。それに——」

「それに？」

「こうして、胸の内を聞いてくれる人がいてくださるっていうのは、すごくありがたいことなんです。誰かがわかってくれるから頑張れる、僕はまだまだそういう俗物ですよ。だから——」

　黒塚さんが、カウンターの向こう側からまっすぐに私を見てほほ笑んだ。

「今日は、ありがとうございます」

「あ、……はい」

暮れかけた夕日が、黒手毬珈琲館の外を照らしている。

そのせいでお店の中にも、闇色をにじませたオレンジ色が差しこんでいた。

私は、頬の紅潮をこの夕日がごまかしてくれていたらいいな、と思いながらカップを口元へ傾けて顔を隠した。


こんな夕日の色を、以前にも見た。

隣にいる人の顔を、とてもきれいに照らす色。

忘れられない、あの頃の思い出。あのときに出会った人。私が、今とはちがう私だった頃。

思い出したくないことも多い。でも、忘れることはできなかった。

過去からのノック

その夜、私は自宅でノートパソコンを開き、カウンターで聞きかじった女性客のブログを検索で探し当てて記事を読んでみた。

店の名前は出ていなかったが、黒手毬珈琲館を知っている人ならすぐにわかる程度に、店舗の所在地や内外装について書かれている。

内容はコーヒーの味の話もそこそこに、自分がただならぬ客としてお店のスタッフにフレンチプレスを引き出させたのだというくだりが長々とあった。まるで黒塚さんを召し使いのように書いているその文章に、私は激しく憤った。

女性客はコラムニストとしての仕事以外にも、テレビにも少し出ているようだった。けれど、それを引き合いに出して『今日のお店は、テレビで紹介できるレベルではなかったな。私がコーヒーにうるさいということを見抜けなかったのだから（笑）』と店をけなす材料にしているのには、腹が立った。

記事の最後は、『いろいろ書いたけど、表現の自由がある国での個人的な感想で、ひとり言だから（笑）。気に障る人は、騒ぐ前に読むのやめてね、私をほっといて（笑）』

と結ばれていた。なにがそんなにおかしいのか、やたらと笑っている。

こんな結び文句をくっつけるだけで、なにを言ってもいいことになるものなのだろうか。こんな考え方の人が世の中に影響力を持っていて、毎日懸命においしいコーヒーを丁寧に一杯ずつ淹れている人が、その自慢の材料にされるのが無性に悔しかった。

なにか言ってやりたくて、コメントを書きこんでみようかと思ったが、やめた。黒塚さんはそんなことをしても喜ばないだろうし、ほかの記事も見る限り、このコラムニストは気に入らない相手を攻撃することをためらわないタイプに思えたので、私程度が相対していい結果になるとはとうてい思えなかった。

下手をすれば、黒塚さんに迷惑がかかる。君子危うきに近寄らず、に越したことはないだろう。

それでも、気が付けば、悔し涙が目ににじんでいた。

誰か他人のことに対するこんな感情の動きは、久しぶりだった。

だんだん日が短くなり涼しい風が吹くようになると、黒手毬珈琲館の内装が秋向けに少し変わった。紅葉や木の実がインテリアとして窓辺にあしらわれ、甘みの強いアレンジコーヒーがメニューに加わる。

ウォータールウと黒手毬珈琲館を往復するだけの私の生活は相変わらずだったけれど、それでも少しは変化が出てきた。

黒手毬珈琲館では、少しくらいの世間話なら、普通に黒塚さんやマスターと交わせるようになっていた。私が話題にできることなど多くはなかったし、話の内容だってたかが知れたものだったはずなのに、ふたりはにこにこしながら聞いてくれる。

ある日、ウォータールウの定休日に午前中から黒手毬珈琲館に行ってみると、ほかにお客さんもおらずマスターもお店の裏に引っこんでいるようで、黒塚さんとふたりきりになった。もう珍しいことでもなんでもなかったので、緊張もせずにオーダーを済ませる。

「マスターは、裏にいらっしゃるんですか？」

「ええ。コーヒー豆の中に欠損豆などが入っていないかチェックして、よろしくないものがあれば取り除くんです。ハンドピッキングとか、海外ではハンドソーティングとか呼ばれているみたいですが。その作業中でして」

「……豆を？　全部ですか？　ハンドって、手で？」

「こればかりは、人力なんですよね。僕もよくやってますけど、要領が悪いから時間がかかってしまって」

　黒塚さんが苦笑する。私にすればコーヒー豆をひと粒ずつより分けるなんて正気の沙汰とは思えなかったけど、このお店では当たり前のことらしかった。

「水路さん、ずいぶん打ち解けてくださいましたね。以前はそんなこと、気にもしなかったでしょう？」

「そうかもしれません。私、ここ……なんだか居心地がいいんです」

「それは、コーヒー店冥利《みょうり》に尽きますね」

　そう言って、黒塚さんは洗い物を始めた。静かだけど流れるような手つきで、水音も穏やかに響き、水滴が跳ねもしない。ここのグラスはいつも新品のように輝いていたし、カップにはいつまでも両手で包んでいたくなるような温かみがあった。

　私のような陰気な女が常連になることは、お店にとってマイナスではないのかと思ったこともあったが、その分売上に貢献させてもらおうと、最近はケーキや焼き菓子も頼むようになっていた。

　お菓子づくりはほとんどマスターかその奥さんの担当で――奥さんはめったにお店に出ないが――、黒塚さんはまだ任せてもらえないらしい。

「そういえば私、前から不思議に思ってたことがあるんですけど、お店の名前のことで」

「なんでしょう？」

私は飾り棚の手毬に視線をやる。

「どうして、黒手毬珈琲館っていうんですか？　あの毬、赤いですよね」

「ああ。黒い手毬、ということではなくて、黒と手毬、という意味なんです」

「黒と手毬？」

「マスターがここを始めたときの、決意といいますか、誓いのようなものだそうです。つまり……」

黒塚さんが言いかけたとき、ひとりのお客さんが店内に入ってきた。

「いらっしゃいませ」

「どうも。ブレンドひとつ」

注文しながら、そのお客さんは私の三つ隣のカウンター席に着いた。三十代後半くらいに見える、スーツを着た男の人だ。

注文を受けた黒塚さんは、少しの間カウンターの中で固まっていた。どうしたのだろう。

「どうした？　ブレンドだよ」

「はい」

ようやく動きだした黒塚さんは、慣れた手つきでなめらかにコーヒーを淹れる。

「どうぞ」

男性客は、出されたコーヒーに砂糖やミルクは加えずにひと口飲んだ。

「うまいね」

「ありがとうございます。僕のことを気にしてくださってたんですか、先生」

「せんせい？」

思わず、私の口をついて言葉が出た。少し驚いたふたりの視線が私の方へ向けられる。

「あ、すみません……」

「いえ。僕の通っていた、塾の先生なんです。お久しぶりです」

黒塚さんは、私と先生の方を交互に向きながらそう言う。

「気にするもなにも、コーヒー屋さんになると言って塾を辞めた子なんてほかにいないからね、忘れようがないよ。君は成績もよかったし、ご両親も進学を望まれていた。サービス業に就くとしても、もう少しあとでもよかったんじゃないかとは、今でも思っているよ。あるいは、ほかの店で修業してみてから家の仕事に入るとか、さ」

「それは、いまだにマスターからも言われるんですよね」

黒塚さんが苦笑する。

「でも、僕はいい選択をしたと思っているんです。先生、よろしければもう一杯召しあがりませんか？」

「いただくよ。でも、奢ろうなんて思うなよ。対価は払うから、今の黒塚くんの仕事ぶりを見せてもらいたい」

黒塚さんは小さくうなずくと、再び手を動かしはじめた。

挽きだした豆は、さっきと同じブレンドのようだった。粉をドリッパーに詰め、それをカップに置いて、細いひと筋のお湯を注ぎ落とす。そのままゆっくりと、〝の〟の字を描いて粉に吸いこまれたお湯は、粉を通過してカップを満たしていく。

「どうぞ」

黒塚さんが、先生にブレンドを出した。

けれど、いつもの黒塚さんの所作を見慣れている私の頭の中には、疑問符が渦巻いていた。普段は必ず踏むある手順を、今の黒塚さんは省いていたからだ。

——あれでいいの？　ちゃんと淹れられているの？

先生がカップを口に運ぶ。

その口元を、思わず私は凝視してしまった。「さっきより味が薄い」「まずい」と言い出すのではないかと思って。

先生の喉が動き、カップがその口から離れる。先生の表情は、驚きを湛えていた。

「これ、さっきと同じブレンドだよな……？」

やはり、味がちがっているのだ。

けれど、先生はさらにひと口、ふた口と飲み進める。

「うまい。さっきとは別物だ。どうやったんだ。同じ淹れ方だったじゃないか」

「豆は同じですが、淹れ方は変えました。あとの方は、豆を蒸らしていないんです」

やっぱり。

「ドリッパーにお湯を注いだら、蒸らしをせずにそのまま注ぎきりました。コーヒーのえぐみや雑味は、ドリップの後半で出てくるんです。これだと、そのいとまを与えずに抽出することができます。ただし」

黒塚さんは、今使ったドリッパーを先生に見せた。中には、いつもよりも明らかに大量の粉がこんもりと詰められている。蒸らさなかったのには気付いたけれど、これは知らなかった。

「豆はやや粗挽きにして、量を倍くらいに増やします。これでようやく、さっきのように淹れられるんです。味わいはすっきりとしていて鮮やかな香りの立つ、とても個性的なドリップができます」

「個性、か。同じ豆でも、手のかけ方のちがいで味は変わる……」

「はい。これはこれでおいしいですが、あくまでも当店では、普段のブレンドがスタンダードです。コーヒー文化は、成熟しているように見えて、まだまだ未知の領域が残っています。僕は一刻も早く、自分が一番好きな店で、知識と技術を身に付けたかったんです。なによりもまず、根幹となるスタンダードを、次にそこからの発展性を」

先生が、カップの中を優しく見つめた。

「あの線の細い割に気の強い、危なっかしくも見えた子が、仕事で自分を語れるようになったんだな」

「あの、いえ、そんな大層なものではないんですが。今のもマスターの受け売りばかりですし」

黒塚さんが慌てて手を振る。

「先生は、学校の先生たちよりも僕の進路に熱心でいてくれましたから。薦めていただいた進路とはちがっても、今でも感謝してますよ」

「俺なんてただの勉強屋なのに、すぐ子どもに対して熱くなるからな。うっとうしかったろ？」

黒塚さんは、首を横に振った。

先生は、二杯目のカップを空けると、支払いを済ませて帰っていった。

「いい先生なんですね」

「はい。――水路さん、店名についてお話ししている途中でしたよね」

そうだった。すっかり忘れていた。

「あの赤い手毬は、マスターがまだ若く、このお店を開く前、旅行で行った長野県で買ってきたものだそうです。ふらりと入ったコーヒー店にあれと同じものが飾られていて、鮮やかさと精緻《せいち》さにひとめぼれしたマスターがその近くの工芸品店で買って帰ってきたと聞いています」

たしかに、あの手毬にはまるで宝石のような存在感がある。

「隠れ家とまでは言いませんが、この店は、静かに落ち着いてコーヒーが飲める場所でありたい。明るく賑やかな店内で、新しい華やかなアレンジコーヒーを飲むのもとてもいいものですが、時には穏やかにゆっくりとカップを傾けたいこともある。とくに、寂しいときやつらいことがあったときには。そのために、静かに人を守ってくれる色として、こんなふうに黒に近い色を壁に使っているんです。店員の服装もそうですね」

黒塚さんは、自分の格好を指し示す。

「僕らも店も含め、これらがつまり、『黒』。そして暗い色ばかりじゃ気が滅入ってしまいますから、少しだけ鮮やかな赤を置いてあります。それが『手毬』。ここのドアを開けて店から出ていかれるとき、少しでも心に明るさが増してくれたらいいな、と」

さっきの塾の先生のことを考えた。もしも黒塚さんがこの道で挫折していたら、あの先生はなぜ昔、もっと進学を強く勧めなかったのかと自分を責め続けたかもしれない。

その可能性は、今日このお店に来たことでなくなっただろう。心には、あの手毬のような温かみを灯らせて。

こういうことか、と思った。

「とはいえ、単にマスターが、手毬をインテリアとして置きたいがために格好いいこじつけを考えた、という可能性もとても高いんですけどね……。今のもほとんど、マスターの言っていたままなので」

黒塚さんが腰に手を当ててそう言ったとき、奥からマスターがひょいと出てきた。

「ん？　なにか言ったか？　おや水路さん、いらっしゃいませ」

私は慌てて、そのつもりもなかったのに、二杯目のコーヒーとお菓子を注文した。マスターは、またすぐに奥へ戻っていく。私は、そっと黒塚さんに言った。

「でも、尊敬してらっしゃるんですね、マスターのこと」

「じつは、僕の両親は昔からあまり仲良くなくて、祖父母に育てられていた時期が長いんです。父は普通の勤め人なんですが、出張で家を空けがちでしたし、母も家のことは好きではなくて。この珈琲館のことも、両親はあまりよく思ってないんですよね」

「そうだったんですか」

「ええ。そういうわけで、マスターと祖母が親同然なものですから、僕のことはなんでもお見通しで、ふたりには全然頭があがりません」

声は笑っていたけれど、ケーキ用のショーケースにかがみこむ黒塚さんの表情は、その陰になって見えなかった。

その日の帰り道は、そうして注文した濃いめのコロンビアとキャラメル風味のシュークリームの後味に酔いしれながら電車に乗った。

数か月前までは、心が浮き立つことなど私の人生にはもうないのではないかと思えたのに、黒手毬珈琲館はまるで魔法使いの館のようだった。

「お前、最近なんだか表情が明るいな。なにかあったのか？」

最近では、兄からも、そう聞かれてしまうほどだった。

夜を貫いて走る電車の中で、吊り革につかまり、私はついため息をついた。

黒塚さんのことが、もっと知りたくなった。

お店は水曜日が定休で、あとは余裕のある日にマスターと交代で休みを入れているらしいけれど、休日はなにをしているのだろう。コーヒーの勉強に明け暮れているのだろうか。それとも、年頃の男の子らしく、買い物をしたり遊びに行ったりしているのだろうか。

私はいまだに、黒塚さんの正確な年齢すら知らない。黒塚さん個人に興味を持ってお店に来ていると思われるのは嫌だったし、ほかの話題に絡めて聞き出すような器用さは私にはなかったので、彼が私より年上なのか年下なのかすら判然とせずにいた。

そして、そんなことを考えていると、必ず自己嫌悪に陥った。

私は――情けない日常を救ってくれている、愛想のいい若い男の子に依存している。客だからこそ私に向けてくれる笑顔を、楽しいおしゃべりを、私個人のためのものだと信じたくなっている。これは恋愛感情ですらなく、醜い独占欲だ。

私は、なにを甘えて、浮かれているのだろう。自分にはもっと先に、やるべきことがある。兄の厚意に甘えたぬるま湯のような生活から一日も早く脱却して、能動的で社会的な活動の中へ戻っていかなければならないのではないのか。今のように半人前以下の仕事ぶりで得た給料で、男の子にコーヒーを淹れてもらって喜んでいる場合なのか。

電車が揺れた拍子に、つい、呻き声が出た。

騒音と相まって周囲には気付かれなかったみたいだが、最近はこういうことが増えた。ウォータールウや黒手毬珈琲館にいるときは気分が上向きになるのと対照的に、ひとりのときは頻繁に、時には人前でも、嫌な考えやつらい思い出に頭の中を満たされて、それがこぼれるようにして口から声が漏れてしまう。

そのあとはなんとか自制して、家までたどり着いた。電車に乗るまでに抱いていた、黒手毬珈琲館がくれた幸せな感覚は、もうほとんど残っていなかった。ひとりで部屋に戻るたびにこんな気分になるから、余計に黒塚さんに依存しそうになるのだろう。


家に帰ると、部屋の隅に置いた宅配便の箱を開くことにした。昨日着いていたものだが、開けるのが億劫《おっくう》で昨夜は放置してしまっていたのだ。

差出人は母親で、中身は食べ物や洗剤などの差し入れだった。楽に持ち運べないものはウォータールウで渡すと荷物になるからと、よく宅配便でこうしたものを送ってくれる。

ほかの荷物と一緒に、封筒がひとつ入っているのに、ふと気付く。私宛てのものを差し入れと一緒に送ってくれたのだろう。封を開けて中身を取り出すと、それは有志による高校の同窓会の誘いだった。

行きたくないわけではなかったけど、憂鬱の種もあった。

――あづみは、来るのかな。

参加するかどうか迷いながら、案内を詳しく読んでいると、私の目はある一文に釘付けになった。

『我らが若作りのナイスガイ、山殻先生のご出席は確約済みです』

その名前を目にして、しばらく私は身動きもできずにいた。

行けば、会える。会って、どうする。

そんな言葉が頭の中をただ堂々巡りしていた。

十数分はそうしていただろうか。私は震える指で、ローテーブルの上でノートパソコンを開くと、自分が卒業した高校のホームページを見てみた。

職員紹介を自校のサイトに載せている学校もあるが、今までわざわざ自分の高校のホームページなんてまともに見たことがなかったので、そこに先生たちの写真や名前が載っているかどうかも知らない。今もあの学校で、山殻先生は授業をしているのだろうか。

でも、私の高校は教師の紹介などは公開していなかった。私立高校なので、我が校の自慢の講師陣、などという風情で掲載していてもおかしくないイメージだったのに。

改めて、今度は先生の名前で検索をしてみる。

――山殻栄《さかえ》　高校　教師。

でも、その結果現れたのは、私が目当てとしている先生本人のものではない、似て非なる名前の人たちの職員紹介がほとんどだった。検索結果の少し先を見ても、まるで無関係のサイトばかり出てくる。ネットでは、これ以上追えそうにない。

長いこと、自分が甘え心を出さないように、山殻先生のことは考えないようにしていた。とくに、年下――たぶんだけれど――の男の子まで頼りにしだしている今の状況で、かつての担任にも甘えだしたら目も当てられない。

しばらく悩んだあと、意を決して携帯電話を取り出し、高校時代の友達のひとりに久しぶりに電話をかけた。

その子とはすごく仲が良かったわけではないし、とくに高校時代の後半、私はクラスでも孤立しがちだったので、いきなりの電話にまったく抵抗がなかったわけではない。でも、確認せずにはいられないことがあった。

電話は、五コールほどで通じた。

「あ、もしもし朝希？　久しぶりじゃん、どうしたのー？」

「あ、うん、久しぶり。あのさ、同窓会の連絡って来た？」

「来た来た」

「山殻先生も、来るんだね？」

「そうだね。別の学校行っちゃってたから、連絡するのに手間かかったらしいよ」

先生は、あの頃とはちがう場所で教鞭《きょうべん》を執っているのか。なんだか、少し寂しかった。

「私立の先生にも、転勤ってあるんだね」

「転勤っていうかさ、あれはなんだろう、左遷とかともちがうし。学校の厄介払いみたいなさあ」

……厄介払い？

「どういうこと？」

「え、朝希、知らないの？　けっこう騒ぎになってたよ、うちらの間じゃ。別に山殻先生は悪くないけど、まあ同じ学校に居続けるといろいろやりづらいだろうし、ね」

「ねえ、詳しく聞かせて。なにがあったの？」

「えー、あたしが言うの？　まあいいか、みんな知ってるし。あのさあ、山殻先生ってうちらが卒業したあと、わりとすぐに婚約したのよ」

胸がズキンとした。

「へ、……え」

かろうじて、かすれた声が出る。

「でもって、その婚約者が事故で死んじゃって。今回の同窓会はそんな先生を慰めましょうみたいな意味もあるみたいよ。ちょっと時間も経ってようやく落ち着いてきたし、いい機会ってことなんでしょ。冷たいとかそっけないとか言われてたけど、意外と人気あったんだね、あの先生。まあ、あれは事故っていうか、なんていうか、ちょっとあれだから」

　婚約者が、事故死……。そんな大事件があったなんて、全然知らなかった。さらに、この子がなんとなく言葉を濁すのも気になる。

「あれって？」

「場所がさあ、ラブホだったのよ。その駐車場の出入り口。その婚約者もうちらの学校の先生だったらしいんだけど、山殻先生じゃなくて学年主任とホテル入ってたみたいなんだよね。その学年主任って妻子持ちよ、先生たちもいい根性してるよね。で、そいつの車でホテルから出ていこうとしたとこで、逆に駐車場に入ってこようとした酔っ払い運転の車と衝突したんだって。学年主任は軽い怪我で済んだけど、婚約者はそのときに事故死しちゃったのよ」

「そ、……んな……」

　そんなスキャンダルがあったら、なるほど高校生の園では仕事にならないだろう。

「ニュースでもやってたのに、マジで知らないの？」

　たしかに、そんな事件があったような気もする。でも、きょうび教師の不祥事なんて珍しくもないし、一般人のスキャンダルになんて興味もないから、意図的に避けていたせいもあった。自分の学校で起きた事件も、そうして無視していた情報の中にあったのだろう。

「その婚約者の人、なんでそんなこと……」

「そんなに気になるなら、同窓会来て、直接先生に聞けばいいじゃん」と言って電話は切られてしまった。

インターネットで、それらしい事件を検索すると、すぐに見つかった。でも、今聞いた以上のことはわからなかった。

婚約者。事故死。ふたつの単語が頭の中に明滅する。

私が知らない間に、山殻先生になにがあったのか、もっと詳しく知りたい。こんなことなら、卒業したあとも友達と連絡を取り続けていればよかった。が、これ以上ほかの知り合いにも電話をかけて、懸命に探りを入れているようには思われたくない。

言われたとおり同窓会に出さえすれば詳細を聞くことはできるのだから。でも……。

私は、さんざん悩んで、結局同窓会の葉書には欠席に丸をつけた。同時にひとつの決意を胸に抱いていた。

再会の日

同窓会の当日。

会はつつがなく始まり、問題なく終わり、円満にお開きとなったようだ。——最後まであづみの姿は見つけ出せなかった。

予想どおり、山殻先生は店を出たところで周囲に群がった生徒からの二次会の誘いを断り、軽く頭を下げつつ夜道を歩きだす。

足早に歩く先生の周囲に人影がなくなり、静寂がその伸びた背筋を包んでいる。すらりとしたまっすぐな体躯は、私が高校を卒業した頃と変わらない印象を保っていた。

同窓会の会場となっていたバルの脇でこっそり会の終了を待っていた私は、そっと先生のあとをつけた。小振りなビルの角をくるりと右折した先生の影を追いかけ、私も右へ曲がると、そこに腕組みした山殻先生がこちらを向いて立っていた。

「ひゃあああああっ！」

「水路、何時だと思っている。大きな声を出すんじゃない」

「あ、あの、先生、お久しぶりです。前と逆ですね、ほら先生の家で私が先生を驚かせたとき――」

「誤解を招く表現だな。人に言う際は、もう少し正確に頼む」

街灯と月明かりの中の先生は、思い出の中の姿そのままで、やはり、まるで変わっていなかった。直線的なシルエットも、硬質なようで、どこか温かい視線も。そう見えるのは、暗いせいだろうか、それとも別の理由だろうか。

「久しぶりだな」

「あ、ていうか、よ、よくわかりましたね、私だって。だって卒業してからもう何年も」

「お前は、印象的な生徒だったしな」

「…………」

驚いたためのものとは別の涙がにじみそうになって、私は必死に自制した。

山殻先生と話すときはどうも精神的に無防備になる気がするのは、高校の頃と変わらなかった。というよりも、周りに誰もいない状態で先生と向きあっていると、まるで自分が高校時代に戻ってしまったような気がした。

「で、どういうつもりだ」

「び、尾行してたのはですね、つまり、タイミングを見計らって声をおかけしようと」

わたわたとおぼつかないしゃべり方は、まるで本当に高校の頃の私の、先生と話しているときのものだった。

「そうじゃない。こんな所まで来ておきながら、なぜ同窓会に出なかったんだ」

「そ、……れは」

沈黙してしまった私に、先生が静かに言った。

「水路、明日は仕事は？」

「あ、明日はお休みです」

ウォータールウはちょうど明日が定休日だ。

「なら、少しなにか食べていかないか。店の前で同窓会が終わるのを待っていたなら、ろくに夕食も食べていないんじゃないか？」

「あ、でも先生は仕事は？」

たしかに、お腹は空いている。けれど。

「俺は大丈夫だ。生徒が、卒業したあとはいい友人になってくれるのは教師の醍醐味《だいごみ》でもある。付き合ってくれるとありがたい。こんな機会は、そうそうないからな」

山殻先生にそう言われて断る言葉は、私にはなかった。

ハイスクール・メモリー

私が通っていた高校までは、家から電車で一時間近くかかった。幸い、毎日座ることができたので、テスト勉強の時期などには大いに助かりはしたけれど。

古文を教えてもらっていた山殻先生は、当時三十歳になるかならないかくらいの、比較的若い教師で、私が二年と三年のときの担任だった。すらりとしていて落ち着きがあり、女子には人気があったけれど、その冷たそうにも見える表情が苦手だという生徒も多かった。

私も最初はちょっとおっかない先生だと思っていて、少し避けていた。その認識を改める事件が起きたのは、二年生のときの夏休みだった。

軟式テニス部に入っていた私は、学校での夏期練習を終えて、家に帰る途中だった。スポーツドリンクを飲みすぎたせいで少し温かいものが飲みたくなった私は、駅に向かう前に少し寄り道をして、サンドイッチが有名なファストフード店に立ち寄った。

当時、学校の周りでは猫などの小動物が悲惨な亡骸《なきがら》として見つかる事件が起きていて、物騒なので寄り道は控えるように言われていた。

けれど、この日はまだ明るかったし、やめろと言われてやめていては、女子高生の名折れだと思った。

自動ドアの脇にあるガラスの壁から中を見ると、カウンターの前に見覚えのある後ろ姿があった。

山殻先生だった。

コーヒーを注文したらしく、店員がカウンターの奥にあるコーヒーマシンからカップに注いでいるところだった。

私は自動ドアまで到達する前に、慌てて引き返して身を隠した。

コーヒーの抽出が終わり、湯気の立つ紙コップを渡されると、先生はそれを一瞥《いちべつ》するなり店員さんに声をかけて、なにかを告げた。

店の人はみるみるうちに恐縮する素振りを見せたけれど、先生はそれを柔らかく制して、そのまま店を出てきた。

好奇心が湧いて、私は山殻先生のあとをつけた。十数分歩くと、先生は二階建てのアパートの敷地へ入っていく。ここが自宅らしい。

特別ドラマチックなこともなく、時間を無駄にした感は否めなかったが、まあこんなもんだよねなどと思いつつ、私は駅へ向かおうとした。

そのとき、アパートの階段のあたりで、先生が立ち止まっているのが見えた。なにをしているのだろうと目を凝らすと、先生は足元の一点を凝視している。そこには、黒い塊が横たわっていた。わずかに、動いている。

カラスだ。羽を怪我でもしたのか、飛べないでいる。

先生はさらに数秒静止していたけど、やがて鞄《かばん》から新聞紙を出して、そっとカラスを包んで抱きあげた。そして、その丸々とした新聞紙を持ったまま、階段を上がり二階の端の部屋へ消えていった。

カラスを、どうするつもりなんだろう。もしかして治そうというつもりなのかもしれないけど、養護教諭ですらない一介の教師――失礼だが――の手に負えるとも思えない。

私は足音を殺して、アパートの二階へ上がった。表札の「山殻」という字を確認して、ドアに耳を当てる。

カラスが部屋の中でギャアギャアと騒ぐ声が聞こえた。次いで、激しい羽ばたき音。

「わかったわかった」

先生の声がして、ガラッと窓を開ける音もする。

次の瞬間、私のいる二階廊下の横を、さっきのカラスと思《おぼ》しき黒い影がかすめていった。部屋の窓から飛び出したらしい。

そして、玄関のドアが開いて山殻先生が現れ、

「やれやれ、杞憂だったな。って、うわあ、水路、驚いた」

と静かに驚いていた。

「あ、先生。こんにちは。では」

カラスを見送ったままの格好で固まっていた私は、先生の脇を通り過ぎようとする。

「待て待て。どうしてここにいる」

が、当然のように捕まった。

「帰りに、ぐ、偶然、先生の姿をお見かけしまして。それで、つい」

「最近は物騒だから、まっすぐ帰るように言われているだろう。仕方がないな。駅まで送っていくから、そのまま帰れよ」

「……はい」

駅までは、歩いて二十分ほどかかる。道中、私は先生に、カラスのことを聞いた。

「変なところを見られたな。怪我をしているようだったから、休ませようと思って家の中へ入れたんだ。そうしたら少し羽を痛めただけだったらしくて、すぐに元気になって飛んでいった。それだけだ」

「しばらく階段の所で固まってたじゃないですか。なにを考えてたんですか？」

「アパートが、ペット禁止なんだ。一時《いっとき》でも連れこんで、周りに迷惑かけたら悪いかな、なんて考えてな。ただでさえカラスは雑菌の塊だし、あの新聞紙はどこかで焼却したいところだが。まあ、動物にフラれたようなもんだから、あまり格好いいシーンじゃない。忘れてくれ、今日のことは」

「じゃあ、もうひとつだけ。さっきコーヒーを買ってたとき、店員さんになにか言ってたのはなんなんですか？」

山殻先生は、嘆息して半眼になった。

「どこから見てたんだ」

「クレームですか？　学校の先生が、ファストフードでクレーマーですか。クレーマーなんですか」

「なぜワクワクしてるんだ、お前は。マシンの調子が悪いのか、出てきたコーヒーに、中途半端にミルクが混じってたんだ。飲めないことはないが、あまりおいしくはないからな。それこそ今後クレームになるから、店の人に報告しただけだ」

「最後になに言ってたんです？」

「返金するって言うから、別にかまわないと断ったんだ。コーヒーは返しても捨てるだけだろうし、もったいないから俺がもらう。もらうからには、返金の必要はないだろうと。まあ、コーヒー豆の供養をしたと思って、これも貴重な体験として……なにを笑っている」

「いいえ、真面目な顔でコーヒー豆の供養とか言われると……それも山殻先生が」

「おかしいかな」と言って、先生が困ったような顔で頭をかいた。ちょうど夕暮れ時を迎えて、その横顔が橙色《だいだい》に染まる。鼻筋が通っていて、まつ毛が長い。シャープな横顔を鮮やかな暖色の光が照らすのがきれいで、ちょっとドキドキした。

私の顔も同じように、先生から見てきれいに染まっているのかと、少し気になった。

「水路は、明日も練習か。軟式テニスだったな？」

「はい。うちの軟式、ラケットは学校のを貸してもらえるので経済的でいいんです。今ちょうど伸び盛りなんですよ、私。強いですよ」

ぶん、と腕を振り回す。

「楽しそうだな」

「動けるだけ動いて、クタクタになるのが好きなんです。夜寝るときに、余力があったらもったいないっていうか。それで、走りっぱなしのスポーツを選んだんですから」

「睡眠時間は取れてるのか？」

「そろそろ寝なきゃなっていう時間になったら、教科書を開けば一発です。もう、コトリと夢の中へ」

「古文じゃないだろうな。……なぜ目を逸《そ》らす」

駅に着き、私は自動改札を抜けて振り返り、先生に手を振った。

「先生、今日のこと、皆に言ってもいいですかー？」

「忘れてくれと言ったろう。まあ、お前らが楽しいなら、少しくらいかまわないが」

電車がホームへ滑りこんできたので、私はもう一度手を振って、車両に乗りこんだ。

結局、この日あったことは誰にも言わなかった。人に言えば、今日体験したことの最も楽しい部分が、消えてなくなってしまいそうに思えたからだ。

私の先生は、ぶっきらぼうだけど優しくて、けっこう生徒をよく見てくれている。そして、意外に格好いい。その程度のことだけど、これらはなかなかに貴重なことに思えた。

夜になって、眠くなった頃合いに、古文の教科書を開いた。いつもなら数行を目でなぞるだけで遠のいていく意識が、この日は逆に、ページをめくるほどに冴えていった。

学校の外で教師の姿を見るという体験に、好奇心が刺激されたせいだと思った。

とりわけ、夕日を受けるとあんなにきれいになる先生が、私の部活がなんなのかをちゃんと覚えていてくれたのが、妙に嬉しかった。

担任なんだから当たり前なのかもしれないけれど、夏休みに入ってから毎日同じように過ごしている夏期練習の日々の中で、それが少し特別なことのような気がした。

次の日、家に帰ると、珍しく早く帰ってきた父が、早めの晩酌でビールを飲んでいた。

「まだ明るいよ」

からかうようにそう声をかける。

「ああ」

が、父親は少し顎《あご》をあげて、そう言っただけだった。

「仕事で、なにかあったの？」

その様子が気になり、そう聞いてみた。うちは祖父の代から従業員が十人ほどの工務店で、父親は年中忙しそうにしていた。幼い頃から、差し入れを持っていきがてら私が事務所に顔を出すと、従業員の人たちは皆喜んでくれ、私にとっても心地いい空間だった。

「いや。大きな取引が、うまくいった」

父親はぽつりとそう言って、それ以上はもう話そうとはしなかった。

どう見ても祝杯という雰囲気ではなかったが、仕事でなにかあったなら私にできることなどなにもないので、それ以上は聞かなかった。

ヒグラシが、やけにうるさく鳴いていたのを覚えている。

忙しくもなんとなく浮ついた夏休みは、それ以外のことはとくに起こらずに、静かに過ぎていった。

ハイスクール・メモリー２

私を取り巻く環境が一変したのは、二学期が始まって二週間ほど経った頃だった。

私はもともと幼い頃から活発な性格で、隣街に新しい商業施設ができたと聞けば同級生を誘って遊びに行き、学校の文化祭ともなれば先陣を切って実行委員を務めるようなタイプだった。「思い悩むよりも、まず実行」を地で行っていたこともあり、友達もたくさんいた。

その中でも中学生時代から仲良くしていた木野浦《きのうら》あづみとは、よく遊んでいた。ショートボブの髪がよく似合っていて、おとなしいけれど人当たりがよく、男子からも女子からも人気のある子だった。

共にこの地元から遠く離れた高校に通いだしてからは、私が軟式テニス部、あづみはバレー部と分かれていたけれど、下校時間を合わせてしょっちゅう一緒に帰っていた。部活で疲れて果てていても、ほんの二、三か所寄り道するだけの余力は、常に私たちに残されていた。

その私たちが、二学期になってからは一度も一緒に帰っていなかった。私の方から一緒に帰ろうと誘おうとしても、先に帰ってしまっていたり、居残って練習するから先に帰ってほしいと人づてに言われたり。

金曜日の放課後、部活前に、私は隣のクラスのあづみに声をかけた。今思えば、私はこのとき、そうとは気付かずに、あづみの態度に胸騒ぎを覚えていたのかもしれない。

「最近、全然話してないじゃん。今日一緒に帰ろうよ」

けれど、あづみは私と目も合わせずに、首を横に振った。その様子に、私の背筋が冷えた。

「あづみ、なにか怒ってる？　私、なにかしたっけ」

私よりも頭半分背が低いあづみが、下から私を睨みつけた。

これは——尋常ではない。自分がなにをしでかしたかと、すっと体が冷えていく。でも、思い当たる節はなにもなかった。

あづみはそのまま、ぷいと背中を向けて去っていった。

私は悶々《もんもん》としたままテニスコートへ向かい、けれどまるで集中できずに、結局練習をやや早めに切り上げさせてもらって校門であづみを待った。

日が沈みかけた頃、ひとりでとぼとぼと歩くあづみが校門に来た。

「あづみ！　お願い、私がなにをしたのか教えて」

いきなり私に呼び止められたあづみは一瞬びくりと硬直し、けれど、すぐに足早に私の脇を通り過ぎようとした。私は目の前を横切っていく細い腕をつかむ。

「お願い、言ってよ。じゃなきゃ、なにもわからないじゃない」

昔から、私はざっくばらんに周囲となんでも話しあって物事を解決することが多かった。友人の力を借り、大人の力を借り、先生の力を借りることに慣れていた。

そのために、どんな問題も事情を話しあいさえすればなんとかなるという、潜在的な自負があったのは確かだった。胸襟を開くことは万能の解決方法ではなく、情報の開示を強いることが時に暴力となるのだということに、このときの私は気付いていなかった。

私はつかんだ腕を引っ張って、あづみを校舎の陰まで連れて行った。

「ねえ、話してよ。友達でしょ。私がなにかしたのなら、謝りたいの。私、なにが悪かったの？」

あづみは、唇に力を込めて、数秒の間、下を向いていた。そして地面を睨んだまま、ぽつりと私に告げた。

「……朝希は、なにも悪くない」

「そんなはずないでしょ。理由もなく、あづみがそんな――」

「朝希は悪くないの。それはわかってる。ううん、誰も悪くなんかないの。でも……」

「でも？」

「私が、……いろいろ考えちゃってるの。春田《はるた》くんのこととか、いろいろ……」

「春田くん？　誰、……ああ、あの、中学のときに私たちと同じクラスだった？　それが今、なんの……」

「朝希、ごめん。もう勘弁して」

あづみは、とうとう私と目を合わせないまま、逃げるように下校していった。

私も、駅へ向かった。これまで、部活でしごかれたどんなときよりも、遥かに足が重かった。

それからしばらく、あづみとは気まずい日々が続いた。そして、近所やクラスメイトの噂話、それに父親の仕事場に顔を出しているうちに、あづみにどんなことが起きたのか、徐々にわかってきた。

中学のとき、同級生だった春田くんに、あづみは告白をした。けれど春田くんは、私のことが好きだからと断ったらしい。あづみはショックではあったけど、それを理由に私を責めるような性格ではなかったので、何事もないようなふりをして私と友達付き合いを続けていた。

そして、今年の夏休み中、あづみの父親の会社と私の父の会社が、なにかひとつの大きな仕事を取りあっていたこともわかった。ほぼ、あづみの父親の会社がその仕事を請け負うことに決まりかけていたのを、私の父が土壇場で逆転したのだという。あの日、浮かない顔でグラスを傾けていたのは、なにかきまりの悪いものがあったのだろう。父にしてみれば社運を賭けた勝負だったらしく、従業員の人たちは一様に父を讃《たた》えていた。けれど、あづみの父親は、その責任の大部分を会社から取らされる形となり、そのことが原因となり、結局は仕事を辞めることになってしまった。

あづみにしてみれば、私が悪いわけではないことはわかっている。けれど、かつては初恋の相手を奪われ——私は春田くんには告白されなかったのだけど——、今また父親の仕事まで奪われたように思ったのだろう。

あからさまに疎遠になった私たちを見て、山殼先生に放課後、なにかあったのかと聞かれたことがある。けれど、これは学校の先生に相談してどうなるものでもないし、なにより私の口から私とあづみのプライベートをさらけ出して人に助けを求めるようなことをするのは、なおあづみを傷つける気がした。

本当は先生に、助けてほしかった。私を見てくれていて、私たちの変調に気付いてくれたのが、嬉しかった。すべてを聞いて、私の味方をしてほしかった。

小学校の頃から何人もの先生に担任をしてもらい、もっとたくさんの先生たちに勉強を教えてもらってきたが、こんなふうに思える人は初めてだった。一見そっけなさそうに見えて〝コーヒー豆の供養〟などしてしまうお人好しな先生は、きっと私の悩みに真摯に向きあってくれる。そんな確信があった。

今の私を助けて、楽にしてくれるのは、この人しかいないのではないかと思った。

だから——だから、我慢しなくてはならない。甘えたい気持ちに、流されちゃいけない。私自身があづみと向きあって、解決するべきことなのだから。

「なんでもありません」

私はそう答え、部活に向かった。そのときの私は、先生の無表情に近い顔に心配と気遣いを感じ取れるようになっていただけに、つらかった。

先生が無力なんじゃありません。信用していないわけでもありません。これは、私たちの問題なんです。心の中で、そう言い訳をした。

背中をそっとなでるように、先生が心配そうに私を見送ってくれているのを感じた。優しい先生だ。

なりふりかまわず、先生の胸に飛びこんで泣いてみようかと思った。

先生の胸板の感触を想像する。きっと少し硬くて、でも、温かいだろう。

——なにを、考えているの。それどころじゃないでしょう。

自分を叱責《しっせき》しても、頬は熱いままだった。

それから何度もあづみと話す機会をつくろうとしたけれど、それは叶わないまま、父親の転職によって生活環境を変えざるを得なくなって、二学期の半ばにあづみは転校していった。

私には別れの言葉はなく、引っ越し先の住所も教えてはもらえなかった。携帯電話の番号までは変えていなかっただろうが、かけてみる気にはとてもなれなかった。

それ以来、なんとなく、私の行動は内向きになっていった。行かなくてもいい所には行かなくなり、テレビや雑誌で紹介されるようなはやりのお店を追いかけることもなくなった。

それまでの友達とも、用事がなければとくに言葉を交わすこともない、微妙な関係に陥っていった。

何度も何度も、あづみと校舎裏で最後に話したときの自分の言葉を思い返した。

あの日、私の口から出た言葉は、さほど多くはない。けれど、私の言ったことは短いながらに、きっとあづみを深く傷つけた。

心情的に私を責めたくても責められないあづみに、私は友達であることを盾に取って吐露することを迫った。彼女がどうしても言いたくなかったことを言わせようとし、追い詰められたあづみがついこぼしたかつての想い人のことを歯牙《しが》にもかけない様子で口にし、さらに詰め寄って、彼女に逃げ出す以外の選択肢を与えなかった。

どんなに辛かっただろう。どんなにみじめだっただろう。あれでは、脅して逃亡させたのと変わらない。

もっとも仲の良い友達だったはずの彼女に、私は傷しか与えられなかったのだ。

これまで私が心がけてきたような、思いつくままに行動するという態度が、常にいい結果を生むわけじゃない。むしろ、今まで私が気付かなかっただけで、同じように屈辱を味わわせてきた人たちがたくさんいるんじゃないだろうか。

そんなことを考えても仕方がないとわかっていても、どんよりとした暗闇は、私の頭に繰り返しのしかかってきた。

人と話すのが、怖い。

生まれて初めて、そう思った。

季節は真冬を迎え、終業式の今日はクリスマスイブだった。街はとっくにクリスマス一色になって華やぎ、高校中が浮かれているのが感じ取れたけれど、私の心は晴れないままだった。

　このままではいけないのは、わかっていた。終業式とホームルームが終わり、お昼前に学校から出ると、なんとなく家にまっすぐ帰りたくなくて、私は以前通っていた中学の近くにある商店街に足を向けた。

　まだ日が高いうちから、ケーキの売れ残りを極限まで減らすべく、サンタクロースの衣装に身を包んだお店の人たちが、懸命にお客さんを呼びこんでいた。

　ふと、アーケード街の奥に、見覚えのある姿を見つけた。

　ついこの間、顔を思い出す機会がなければ、永遠に忘れていたかもしれない。それは、春田くんだった。彼の横には、同い年くらいの華奢《きゃしゃ》な女子が笑顔で並んで歩いていた。春田くんもはにかみながら、ふわふわと楽しそうに道を行く。

　私は、腹の底から、驚くほど凶暴な感情が湧きあがってくるのを感じた。

　彼は悪くない。わかっている。あづみが、私は悪くないのだと言っていたのと同じように。

　今すぐ駆け寄って、もとはと言えばあなたのせいでと罵倒《ばとう》する権利など、私にはない。あづみも、こんな気分だったのだろうか。きっとこの何倍も、忸怩《じくじ》たる思いをしたのだろう。

私は来た道を引き返し、駅へ駆けこんで、学校方面行きの電車に乗った。とにかく、私とあづみと春田くんが暮らした街にいるのが嫌だった。

シートに座って、あづみのことをぐるぐると考えた。

気が付くと、電車は学校のある駅に差しかかっていた。それ以上遠くへ行く気にはならなくて、私は定期券を取り出して、ついさっき逆向きにくぐったばかりの改札を通り抜けた。

さんざん寄り道を繰り返した通学路で、友達が一緒にいれば行く場所はいくらでも思いついたが、今ひとりきりで行ける場所は、ひとつも思いつかなかった。学校へ行っても仕方ないし、お腹が空いているわけでもない――むしろ、胸がむかついて気分が悪いくらいだった。

助けてほしい。

胸中で、その言葉が渦巻いた。この罪悪感と無力感から、誰か私を助けだしてほしい。赤の他人でもなく、互いを知りすぎている家族でもなく、でも無条件に私の味方をしてくれるような、そんな都合のいい誰か。

そしてなにより、私が今、会いたいと思っている誰か。

私の足はいつの間にか、おそらく生徒の中では私だけが知るあの場所へ向かっていた。

ハイスクール・メモリー３

「先生は私のこと、どう思ってますか？」

「思っていたより変わっているのかもしれないな、と思っている。今、まさにな」

小さなキッチンでお湯を沸かしながら、先生が答えた。

私は、アパートの部屋のまん中に置かれた楕円のローテーブルの脇に座っている。

「私はもっと、自分が、なんていうんですかね……いろいろできる人間だと思ってたんですよ。それに、しちゃいけないことはしない、ある程度、道徳的な人間だと。でも、どっちもちがったんです」

先生はやかんの中身が沸騰する前に火を止め、ふたつのマグに順番にお湯を注いだ。インスタントコーヒーの、カジュアルな香りが漂ってくる。

先生はマグをふたつともローテーブルに置き、私の斜め向かいに座った。

「この世に生きていて、常に正解の選択肢を選べる奴はいない。それも、事前情報も時間も不足していればなおさらだ」

マグに手を伸ばそうとしない私に、先生が飲むよう促す。外側がオレンジ色で内側が白いマグは、いつまでも中の飲み物を温めていてくれそうに見えた。

「落ちこむなとは言わない。むしろその方が正常だろう。まともな奴ほど苦しむことが多いのが、残念ながらこの世の常だ。ただ、あまり深刻になるようなら、俺に言え。可能なら、家族や、信頼できる友人にも。俺からは、お前の許可がなければ、誰にもなにも言わない」

私はマグを手に取り、ひと口すすった。それをことりとローテーブルに戻したとき、自分の手が震えているのがわかった。

山殻先生に、たしかに好意は抱いていた。そして同時に、自暴自棄にもなっていた。

「先生。私、つらいんです」

「ああ」

「慰めてください」

私はうつむいていた顔をあげ、まっすぐに先生を見た。

「教師にできる範疇《はんちゅう》でならな」

「部屋にあげてくれたじゃないですか」

「特例中の特例だ。頼ってきた生徒を追い返せるか」

「私でなくても、頼ってこられたら部屋にあげるんですか？」

「ここの住所は、水路しか知らないな」

そういうことを言っているんじゃありません、と言いたかったけれど、さすがに私にもわかった。先生は少しずつはぐらかして、私を諭している。落ち着け、と言葉で言われたら、たしかに私は逆上していただろう。

けれど——そう簡単に引っ込みがつくわけでもない。

「先生、男の人じゃないですか」

「そうだな。それが？」

「女子高生、好きですよね」

「ああ」

あっさり言われて、少しつんのめった。これは、イエスということ？　でも……。

「好きだとも。女子高生も男子高生も、大事な生徒だからな。愛すべき教え子たちだ」

がくっ、と私の肩がこける。

「ついでに言っておくと、女子高生は好きだが、淫行《いんこう》は大嫌いだ。そんな教師は軽蔑《けいべつ》する」

先生が真面目な顔をして、コーヒーをひと口飲んだ。

「……私のことも、軽蔑しますか？」

「しない。だから、やめておけ」

私の口から、緊張と力みが、ため息になって抜け落ちていった。昂《たか》ぶっていた感情が萎《な》え、代わりに強烈な羞恥が襲ってくる。先生がいなければ、自分の言ったことの恥ずかしさに、わめきながら床を転がっていたかもしれない。

どうしていいかわからなくなって、再びマグを持った。褐色の水面に、さっきとは別の感情が起こす震えが伝わって、小さく波が立った。

「それを飲んだら帰れ。ひとり暮らしの男の家に、女子を十五分以上はあげない。第一、お前、今日早く帰らなくていいのか？」

「終業式だからって、別にお祝いとかはないですよ。入学式や卒業式じゃないんですから」

私はぶぜんとした顔で体勢を直し、背筋を伸ばしてマグを口に当てた。

「友達や家族と、約束していたりしないのか。今日は終業式というより……」

そこまで聞いたとき、私は思い切りコーヒーを口から噴き出した。

先生が、初めて聞く声のトーンで「うおう!?」と叫ぶのが聞こえた。

「今日、クリスマスイブじゃないですか！　うわあ大変、家で用意してます、ご飯とかケーキとか！」

まさに、そのクリスマスだからこそ見せつけられた春田くんの様子にショックを受けてここへ来たというのに。電車に乗ったときには怒りと悩みで、そして先生の部屋にあがってからは高揚と緊張で、すっかり忘れていた。

「そうか。送っていかなくて大丈夫か？」

「大丈夫です、走って帰ります」

「なら心置きなく、俺はここを掃除させてもらうとしよう」

先生が半眼で、私がまき散らしたコーヒーのしぶきを見やった。

「あ、……あのう、えーと」

「不問だ。緊急事態だからな」

「す、すみません。あの先生、一個だけお願いが」

「なんだ？」

「冷たい飲み物をいただけないでしょうか」

先生は冷蔵庫からスポーツドリンクを出して、グラスに注いでくれた。私はそれを一気に飲み干すと、お礼を言ってドアを開けた。

「ああ待て、水路、最後に言っておく」

「大丈夫ですよ、先生。私、クリスマスの日に先生の部屋にいたなんて誰にも言いませんから」

「いや、そうじゃない——それは非常に助かるが。水路」

「はい？」

「つらかったな。よく来た」

駆け出す前に足踏みを始めていた私の足が、ぴたりと止まった。

「……はい」

「木野浦が新しく入った学校には、この間、連絡を取った」

顔をあげた私と、先生の目が合う。

「元気にやっているそうだ。もともと、木野浦は人当たりもいいしな」

「そう……ですか」

だからといって、なにが解決したわけでもないことくらいはわかっている。それでも、ずっと背中に負い続けていた重い荷物が、するりと足元へ滑り落ちたような気がした。足が軽く感じる。一時的なものかもしれない。でも少なくとも、駅までは飛ぶようにたどり着けそうだ。

「お前は悪くない。それに、ひとりじゃない。忘れるなよ」

「はい……」

私は「さようなら」と言って、暮れかけた冬の夜へ駆け出した。

さっき、先生に冷蔵庫を開けさせて、誰かとクリスマスを祝うためのケーキなど入っていないかと盗み見た自分が、恥ずかしくなった。

それ以上に、なにか叫びだしたいほどに、胸の中が温かかった。

先生、あなたは……あなたは、すごい人です。


あづみのことは、それからは必要以上に悩まないように努めた。それでも、学年中に私の父親のせいであづみがこの街から出ていかざるを得なくなったという噂が広がり、友達とはさらに溝ができていった。

孤立というほど極端ではないけれど、見えない網に私だけが包まれているような疎外感。そうして以前ほどの快活さは取り戻せないまま、私は高校を卒業して、短大へ進んだ。

山殻先生とは、あれ以上のことはなにもなかった。なにか辛いことがあるたびに顔を思い浮かべ、駆け寄って抱きつきたい衝動にかられたが、そんなに簡単に先生を頼るようでは自分が情けないし、なにより先生に堪え性のない生徒だと思われるのが嫌だった。

先生の誕生日を調べ、バレンタインデーに待ち伏せし、高三のクリスマスはプレゼントまで買ったけれど、結局あと一歩が踏み出せなかった。

　自分の気持ちも、よくわからないままだった。山殻先生は特別な存在だし、今までの人生で私がもっとも強い好意を持った男の人なのは確かだったけれど、それが本当に恋愛感情なのかどうか、判断がつかない。単に、頼りがいのある大人の男性に憧れているだけなのではないか、という疑念が晴れなかった。

　高校を卒業するまでに、四人の男子から告白された。けれど、すべて断った。皆仲良くしてくれていた男子だったけど、少なくとも山殻先生以上の好意を抱けるようになるとは思えない。

　何度も、山殻先生への気持ちを誰かに相談しようと思った。でも、そんな相談ができるほど信頼できるのは、当の山殻先生だけだった。

　卒業式の日、山殻先生とはあいさつもそこそこに、私はさっさと家に帰った。たとえ私の気持ちが恋愛感情だったとしても、先生が私に応えてくれる可能性はゼロだと思ったし、そんなわかりきったことで先生を困らせたくなかった。もし本当に先生が好きでも、環境が変われば忘れられると思った。

　父とは、あづみの一件以来、なんとなく疎遠になっていた。仕事のため、会社のために父がしたことであるなら、それは私たちを養うためでもあるのだから、父を恨むのは筋違いだというのはわかっている。けれど、どうしても今までどおりに接することはできなかった。それで、高校卒業と同時に家を出て、私はひとり暮らしを始めた。

私が短大へ通いだしてしばらくした頃、父が私を家に呼んで家族を居間に集めた。なんの話かといぶかしむ私たちに、父はしかめっ面で口を開いた。

「会社を閉める」

「嘘だろ？」

「ええ、本当？」

驚く私たち兄妹《きょうだい》の横で、母だけは柔らかくほほ笑んでいた。

そして実際父親は工務店を閉め、古くからの友人の経営する建設会社で嘱託として働きはじめた。私は、子どもの頃から遊びに行っていた事務所がなくなってしまうのがなんとも言えず寂しかったけれど、兄が小さな家具店をやりたいからと言ってそこに店を構えることになり、死にかけた動物が息を吹き返すのを見たような気分になった。

実家には寄りつきづらくなったが、兄の店にはよく顔を出し、少し事務作業のアルバイトなどもさせてもらった。短大では真面目に勉強して優等生で通し、そして、何人かの男の人と付き合った。すべて相手から告白されて、私はその誰も断らなかった。

いつまでも高校生のときの価値観にこだわって先生にとらわれていてはいけないと思い、交際を決めたのだが、恋人に名前を呼ばれるたびに、体に触れられるたびに、私の心は違和感を叫んだ。

――呼んでほしい声は、これじゃない。触れてほしい指は、これじゃない。

違和感はやがて不快感に変わり、それが相手にも伝わってしまい、結局誰とも長続きしなかった。

先生には今、彼女がいるのだろうか。いつの間にか、結婚していたりしないだろうか。私の知らない人と、私の知らない間に。

薄まっていくはずだと思っていた想いは、どういうわけか、逆にどんどん膨らんでいく。短大を卒業する頃には、もう認めざるを得なかった。ずっと確信が持てずにいたけれど、あのときに抱いた感情は、恋以外、ほかの何物でもないのだと。

せっかく覚えたのに一度も祝えない先生の誕生日は、卒業してからの方が鮮やかに私の胸に刻まれて、机の上の卓上カレンダーはその日が来るのを待ち遠しく焦がれているように見える。

山殻先生が、好きだった。

今なお、忘れられないほどに。

かといって、いまさら会いに行くことはできない。

私はもう卒業してしまった、学校とは無関係の人間なのだから。

大丈夫、忘れられる。私には、これからの人生の方が長いのだから。

いよいよ社会人となれば、幼い憧憬《どうけい》に溺《おぼ》れているわけにはいかなくなるだろう。辛いことも、切ないことも、すべては思い出に変わって、過去へ置き去りにできるはずだった。

一度根付いてしまった、人と接することへの恐怖は、まだ消えてはくれない。でも、社会人というのは、仕事の内容で評価されるはずだ。

今までそれなりに自信のあったコミュニケーション能力は、ほとんど失ってしまった。でも、はじめは人付き合いがうまくできなくても、自分のやるべきことさえしっかりやっていれば、きっと自分の居場所をつくれる。

そう信じて、私は社会人になったのだった。

先生

同窓会のあとだというのに、まるでこれから一次会が始まるのではないかと思えるくらい、山殻先生の身だしなみは整っていた。

私たちが入ったのは、近くにあった和食屋だった。

個室に案内され、料理とお酒を注文すると、先生が私の近況を聞いてきた。

「毎年大勢の生徒を送り出すっていうのに、その後の進学先や就職先のことはほとんどわからないからな。今日のような日は貴重なんだ」

「でも、私はだめですよ。先生といた頃より……ずっとだめになったんです」

「だめかどうかは、わからないが。なにがあったのか話せるか？」

そして私は、短大を出てから最初に勤めた会社を辞めて兄のお店で働くことになった経緯を、かいつまんで話した。

先生は、黙って聞いてくれた。昔からそうだった。生徒が懸命に考えて決めたことに対して、一般論で助言したりはしない。細かい状況は先生には知りようがなくても、私なりに、いいかげんな気持ちでやってきたわけではないということをわかってくれる。

穏やかな信頼関係が、私たちの間には今も築かれていた。

「あの、先生、すみません。私、ついこの間聞いたんですけど、その……婚約者……さんがなにか、とか」

「ああ」

運ばれてきた日本酒のお銚子を、先生が自分の猪口《ちょこ》へ注ぐ。ここは私がお酌すべきなのだろうか、と思ったが、先生の仕草があまりに自然で割って入ることができなかった。かと思うと、先生はもうひとつの猪口にもすっと注ぎ、私の前にコトンと置いた。顔がかっと熱くなる。

「す、すみません。全然、社会人経験積めてないですね、私」

「俺は水路の上司でも雇い主でもない。対等の関係だ、無礼講でいいだろう。……すまないな」

「え？」

「婚約者が云々、という件だ。心配してくれたんだろう？」

「それは……」

息が詰まりかける。やっぱり何年経っても、私にとってこの人は特別なんだ。

「……しますよ、心配くらい」

「ありがたい話だ」

「茶化さないでください」

「本心だ。事故のことは詳しく聞いたのか？」

「いえ、大まかなことだけ」

「じゃあ、変にいろいろ想像させてもなんだから、要点だけ話すぞ」

　ごく、と私の喉が鳴った。

「その婚約者と言われているのは、五歳年下の英語教師だ。水路が通っていた頃も教師をやっていた。小諸《こもろ》という名前だ」

　聞き覚えがある。たしか私が三年のときに、一年生を教えていた先生だったと思う。初々しくて黒髪のきれいな、小柄な人だった。

「どうした物好きか、ずいぶん俺を気に入ってくれた。気のいい奴だし、交際することになった。ただ、婚約者というのはまちがいだ。小諸の方が少しばかり先走って、周囲にそう吹聴《ふいちょう》していた。ただ、いずれはそうなるだろうとは思っていたから、俺も止めはしなかった」

　私は先生に気を遣わせないように、運ばれてきた料理に少しずつ箸《はし》をつけていった。けれどオクラのお浸しをかじろうが、よりうどをつまもうが、ほとんど味がしなかった。

「否定しなかったのがよくなかった。ちょうど一年くらい前だな、小諸に、私たちは婚約してるのよね、と聞かれた。俺はまだそこまで進展していたつもりはなかったので、いいやと答えた。いずれはと思っているというのも言い添えたんだが、その時点でただの恋人だと俺がみなしていたのがショックだったらしい。そのまま俺の部屋から飛び出していった。そして翌朝――」

酔っ払わないように、私はお酒をやめて水を飲もうと、グラスを口元へ傾ける。

「小諸が亡くなった。自動車事故だ。そのあたりの顚末《てんまつ》は、おそらくお前が聞いた内容でだいたい合っている」

喉元を水が滑り落ちるのと、私が息をのむのが同時だった。先生はその私の目の前で、静かに続けた。

「それ以来、なんだかんだで俺も学校にいづらくなった。校長にも勧められて、別の学校に移った。そういう話だ。卒業生や在校生にも知られた話なんだが、水路には伝わってなかったか？」

なにを言えばいいのか、わからなかった。先生は今は吹っ切れているのか、小諸先生のことが忘れられないでいるのか、それすら不明のままでは、かける言葉も見つからない。

「せ、詮索するつもりじゃ……ただ、気になって」

「言ったろう。心配してくれたんだ、ありがたい話だよ」

山殻先生の、背筋の伸びた体が、少し小さく見えた。

私はなにも知らなかった。私のこれまでの人生の中で一番特別な人がつらい思いをしていたというのに、私は自分のことで手いっぱいになりながら、街の裏通りのコーヒーがおいしいなどとのたまっていたのだ。

かといって、それを知ったところで、身内に甘やかされながら半人前以下の仕事をただこなしているだけの自分に、なにができるだろう。

なにかないだろうか。私にできること。私であれば、してあげられること。お金も能力も乏しい今の私が。婚約者を失い、職場が変わって、寂しい思いをしているはずの先生に。なにか――なにか。

酔いが回ってきた。

「……そのあと、山殻先生はまだおひとりなんですか？」

「そうだ」

頬が熱い。

「私、できる範囲ででではあるんですけども、先生になにかしてあげたいんです」

頭の中も熱い。

「気持ちだけで十分だ。俺たちは今は対等な関係とはいえ、元生徒に寄りかかる気はない」

驚くほどあっけなく、私が堪えに堪えていた言葉が、唇からこぼれ出た。

「私、山殻先生のこと、好きだったんですよ」

「……ああ」

「だから、先生の役に立たせてほしいんです。私もう、女子高生じゃありません。淫行じゃ……ありません、よ……」

言いながら、涙があふれた。

なにが先生のためになにかを、だ。これは、私が抱き続けた欲望じゃないか。

叶わないと諦めて学校を卒業して、なのに今手が届きそうだからと食指を伸ばす、とんでもなく醜い生き物。

今までに、何人かの男の人と付き合った。その誰もと共に夜を迎えるたびに、本当に抱かれたい人の名前を胸の中で叫び、その面影をまぶたの裏に描いた。そんな女が、男の人と長続きするはずがない。

不実で、身勝手で、どうしようもない。

いつの間に私は、こんな奴になったのだろう。初めからそういう人間だったのだろうか。だから、会社勤めもうまくいかないのだろうか。だから、大切な友人を無神経に傷つけてしまうのだろうか。

後ろ向きな方向で突如組みあがりだしたパズルのピースが、瞬く間に心の周囲に壁を形成していった。

私は——こんな所でなにをしているんだろう。

ほかの人たちを出し抜いて先生とふたりきりになって、なにを期待していたんだろう。

自己嫌悪に押しつぶされそうになる。

「水路。もう卒業してから何年も経つとはいえ、これでもお前がどういう人間かは、俺は多少わかっているつもりだ」

涙が込みあげ、ひくつきだした喉を懸命に抑えつけていると、先生がそう言った。なんとなく、聞き覚えがある言葉だった。

「だから、お前の言葉を、お前を知らない人間がするであろう一般的な解釈はしない。誤解はしていないから、安心しろ」

誤解ではない。さっきの言葉は、私の本心だった。

きっと先生にもそれはわかっている。私が自己憐憫《れんびん》も欲望も持ちあわせ、時にそれを抑えきれない人間なのだということを。

ただ……。

「お前は、自分で思っているよりも、周りにいる人間に理解されやすい性質がある。一時の不安定さや感情の昂ぶりが、お前の中枢を構成する本心だとは限らない——という程度には、お前をよく見ている人間ならわかっている。俺を含めた親しい人々の前で、お前がなにをやらかそうが、取り返しがつかないなんて思わないことだ」

そう。ただ、私以上に、私を認めてくれているというだけなのだ。

涙は、もう堪えきれなかった。

今日の今ここで、山殻先生が私と向きあってくれているのは、私のため。私に誘われてもびくともしないのも、私のため。私を、取り返しのつかない私にしないため。槙原さんの言っていたことが、ようやくわかった。

私を信じてくれている人がいる。先生のように。槙原さんのように。それなら、きっと、私も私を信じられる。

生きていくのは、つらい。きっと多くの人々が、幸福と不幸のシーソーを、不幸の方へ大きく傾けて生きている。その中で、薄い板の上から転がり落ちそうになる私のような人間を、支えてくれる人はいる。優しい、と言えば柔らかすぎる。強い、と言えば平板すぎる。そんな人たち。

私は、恵まれていた。

黒手毬珈琲館の飾り棚が思い浮かぶ。頑丈で優しい黒色に守られて、小さくてもその色を失うことのない赤い毬。

あれが、私だ。

この、今はくだらない体《てい》たらくの私を生きてきてよかった。そう思った。

山殻先生は、静かに猪口を傾けていた。

特異点のような、とある一日

同窓会の数日後、私は黒手毬珈琲館を訪れた。

最近、というよりは山殻先生と会ってから、仕事がさらに少しずつ楽しくなってきていた。自分がめくる伝票一枚、入力する文字の一つひとつ、その向こうに誰かがいる。それは、私を助けてくれた人々のように、素敵な人たちかもしれない。そう思うと、仕事の精度も速度も、今までとは変わっていく。

つい没頭してしまうおかげで労働時間は延び気味で、この日も黒手毬珈琲館の空いている時間帯が終わり、混みはじめる頃にお店に着いた。

ところが、お店にはシャッターが下りていた。定休日ではないのにどうしたのだろうと思っていたら、脇道から黒塚さんが現れた。

「あ、水路さん。いらしてたんですか」

「ええ。今日、お休みなんですか？」

「マスターが、旧友の法事で留守なんです。混みだすと、僕ひとりでは捌《さば》けないので、今日は臨時休業にしました」

「そうですか。じゃあ、また寄りますね」

　歩きだしかけた私を、黒塚さんが呼びとめた。

「よかったら、せっかく来てくださったんですし、中へ入ってください。水路さんおひとりくらいなら、大丈夫ですから」

「いいんですか？」

「お得意様は、大切にしないと。さ、どうぞ」

　黒塚さんが、シャッターを一度上まであげる。私がお店に入ると、半分だけシャッターを下ろし直して、再び臨時休業の看板を出す。

　黒塚さんは私にカウンターに着くよう促すと、手際よく準備を始める。今日はなるべく手間をかけさせない方がいいだろうと、ブレンドを注文する。

　黒塚さんが挽いた豆をドリッパーにセットし、お湯をかけて蒸らしはじめると、穏やかで静かな時間が訪れた。

「先生って、いつまで先生なんだろう」

　私はぽつりと呟いた。

「先生？　一日の中で、どこまで先生をやれるか、ってことですか？　つまり、放課後や帰宅後も」

「あ、いえ、そうじゃなくて。卒業して、元生徒が社会人になっても、先生の立ち位置って〝先生〟のままなのかなあ、なんて」

私は、同窓会の日のことを、恥ずかしい箇所は省いて黒塚さんに説明した。

その間に抽出されたコーヒーが、ほとんど音を立てずに私の前に置かれる。

「――それで私、あづみっていう高校のときの友達に手紙を書くことになったんです。住所は山殻先生が知っているから、本人に一応連絡を入れてから先生が送ってくれるって。そういえば、先生の連絡先は聞いてないんで、手紙を預けるときには先生が今勤めてる学校に連絡を入れて呼び出してもらうことになると思うんですけど。なんだか間が抜けてる感じがしますし、それに、……その友達にも、すごく、いまさらって感じなんですけどね」

「でも、そのせいでしょうか、水路さん、なんだか明るくなりました」

自分でもそう思う。目を背けてきたことに、ひとつずつ決着をつけていけているような気がしているからかもしれない。

「仕事も、今までに比べて、ちょっと張りが出てきました。私はずっと、お化けみたいに愛想のない店員だったんですけど……黒塚さんもそう思いましたよね？　前はね、前って高校生の頃とかですけど、こうじゃなかったんですよ」

黒塚さんは困ったように笑った。

「だから最近は、気にもしてなかった近所の量販店の動向とかが気になりだしたんです。そういえば、兄は以前から情報を集めてたみたいなんですけど、私は近頃ようやく。一応、商売敵《がたき》ですから」

規模や客層がまったくちがうけれど、だからといって都合よく住み分けしてくれるわけではない。

「黒塚さん、というか黒手毬珈琲館も、競合ってたくさんありますよね？　飲食店って、大変そう。ライバルとか、いるんですか？」

「お店ですか？　それはもういろいろ。コーヒーも、いろいろなシーンで飲まれますからね、時代に合わせて新しいアプローチも生まれます。今日の常識が明日の非常識、というのは飲食業界ではよくありますし、人によって言うこともちがいますしね」

「個人的に、ほかのお店のスタッフさんとか気になったりします？」

「注目してる方はいますけど、ライバルっていう感じじゃないですね。……強《し》いて言えばおひとりだけ、僕が勝手に張りあっている方がおられるんですけど、その方はバリスタではないので」

「なのに、ライバル？」

黒塚さんは笑って、「ええ」と答えた。

「私、十代の頃はずっと山殻先生ばかり意識してて、働きだしてからはパソコンやデータが仕事相手だったんで、ライバルっていないんですよね。やっぱり、そういう対象がいた方が張り合いが出るのかな」

「今も特別な方なんですね。水路さんにとって、先生は」

黒塚さんは、今私のために使ったばかりの器具を洗いながら、そう穏やかに言った。

「え、うー……まあそうですね、今でも、あーいろいろ、……いろいろ思うところはありますけど。そうなの……でしょう」

具体的に、今の私が先生とどうなりたいかは自分でもよくわからない。

「じつは私、先生にひとつお願いをしちゃったんです。私にも手紙がほしい、って。完全に、あづみの件にかこつけたんですけど」

「手紙、ですか」

「この用事が済んだら先生とはきっとこれっきりになるんだと思ったら……なにか残るものがほしくなっちゃって。『なんの手紙だ?』って先生に聞かれて――そりゃそうですよね――、もう頭の中まっ白になって、ひと言でもいいからなにかくださいって言って、逃げてきちゃいました」

「聞いているだけですと……完全に――」

「そ、そうですよねえ、〝完全に〟ですよねえ。そうなのかなあ私、やっぱりまだ……。あ、ご、ごちそうさまでした。すみません、お店開けさせちゃって」

「いえ。今日は学校の課題をやるだけのつまらない日になりそうだったんで、水路さんが来てくれて助かりました」

おや、と思い、聞き直した。

「学校？　……ですか」

「ええ。僕、通信制の大学に通ってるんで。まだ二年生ですけど。……水路さん？」

「……大学の、二年生ですか？」

「え、ええ。通信制の試験はさほど難しくなかったので、一応現役で」

「ということは、今年二十歳ですか？」

「ええ」

「やっぱり、黒塚さんの方が年下なんですね……」

年上ではないと思ってはいたけれど。歳は関係ないと思いつつ、それでも彼と自分との差を改めて認識して、また恥ずかしくなる。

「それは、はい。ご存じじゃありませんでしたっけ」

「だって、黒塚さんに私の歳なんて教えたことないですよ。今、二十二歳です。まあ、十代には見えないでしょうから、年上だとはわかるでしょうけど」

「そ、そういうことじゃないですよ。ただ、僕は――」

「はい？」

黒塚さんは、ごほんと咳払いした。

「い、いえ、なんでもありません。学校については、マスターが学歴は用意しておいて損はないって何度も言うので、ほとんど無理やりに受験したんです。僕はこのお店を継ぐって言ってるのに」

黒塚さんが苦笑して、肩を軽くすくめた。

「しっかりしてますよね、黒塚さん。年下なんて思えないです」

「しっかりなんてしていませんよ。レポートはいつもぎりぎりですし」

今度は照れ笑いしながらそう言うのが、謙遜なのか、本音なのかはわからない。でも、黒塚さんと話していると、必ずいい気分で会話が終わる。

そして、このコーヒー店にいたのが黒塚さんのような人でよかった、と思う。今の私がずいぶん彼という人間に助けられていることは、自覚している。

あの日、ウォータールウに黒塚さんが来てくれてよかった。兄がお店をやっていて、ぽんこつで不良店員の私をそこで働かせてくれて、よかった。

世の中の見え方が、会社を辞めた頃とはずいぶん変わってきている。これではますます、いつまでも不良店員をやっているわけにはいかない。

そんなことを考えていたので、私は帰り支度をしながら黙ってしまわないように適当な話題を探したつもりだった。

「最近、ようやく兄のお店の役に立ってきているなって少しだけ思うんです。黒塚さんは、もうとっくに黒手毬珈琲館でマスターの右腕でしょうから、私なんてだいぶ遅れをとっていますけど」

ところが、口をついて出てきたのはこんな言葉だった。頭のどこかで、年下なのに私よりずっとしっかりしている黒塚さんに、張りあおうとか、認めてもらいたいという気持ちがあったのだと思う。

「きっと、水路さんは必要不可欠なスタッフですよ。うちのマスターもよく言ってます、いくら身内でも役に立たないなら店には立たせていないって。僕を奮い立たせるためにあえて言っていたのなら、マスターの狙いは大成功ですけどね」

私を気遣いながら、押しつけがましくなく励ましてくれるときの、黒塚さんの笑顔は好きだった。

「ただ僕は、そうやって新しい道が開けていくように感じたとき、たいてい失敗に見舞われました。興奮して、視野が狭まるんでしょうね。水路さんは僕よりずっと感受性が豊かだと思いますので、お互い気をつけましょう」

私はお礼を言って、お店を出た。自分の呼吸の中に、今飲んだコーヒーの香りが混じっている。黒塚さんの優しさが、このいい匂いとともに、私の体の中に溶けこんで宿っているような気がした。

光の温度、闇のかたち

最近、家に帰ると、すぐにノートパソコンを立ちあげるのがほとんど癖になっている。近所の家具店のホームページや、流行のデザインを適当に検索して見ていく。私なんかが付け焼き刃でできることがそう多くあるとは思えないけど、集められる情報に目くらいは通しておきたい。

十分ほどディスプレイを見ていると、山殻先生の顔が浮かんできた。

先生はたしかに、特別な存在ではある。顔を思い浮かべるだけで、感情の動きもある。でも、高校のときの、あの胸を焦がすような切なさは、もう起こらなかった。きっと、そうした時期は、私なりに通り過ぎたのだろう。

同窓会の日は、酔いや感情の不安定さもあったとはいえ、ばかなことを言ったものだとつくづく思う。

先生の新しい学校は、梶崎浦《かじさきうら》高校というらしかった。たしか梶崎浦というのは、私の通っていた高校から電車で三十分くらいの所にある高校だ。それなら引っ越さなくても、先生のアパートからは十分通える範囲にある。

なんとなく、検索サイトに「山殻栄　教師　梶崎浦」と入れてみる。当然、山殻先生がここに勤めているなどという情報は表示されない。それでも、いくつか候補として現れたサイトを適当にぽちぽちと見てみる。と、この高校の生徒が書いているらしいブログが、いくつか見つかった。

その中に、ひとつ、異質なサイトがあった。

『カジサキウラリバティ』という名前らしく、クリックすると、黒バックに紫色の文字でコンテンツの書かれたホームページが現れた。

怪しいサイトを踏んでしまったかと思ったが、いくつかのコンテンツを見ていくと、これが梶崎浦高校の裏サイトのひとつだということがわかった。パスワード制などは敷いていないらしく、私にも閲覧は可能だった。生徒たちが匿名で、講師やほかの生徒についいて好き放題に書きこんでいる。

いくつかの掲示板の中から、『教師』というカテゴリーのものを開いてみる。

すると、思わぬ一文がそこに書かれていた。

『山殻って新しいヒト、前のガッコで女寝取られたんだっててよ』

ピリ、と不愉快な痺《しび》れが、指先から頭へ上ってくる。

『マジでー。堅そうな顔して、やるじゃん』『寝取られたんだから、本人が固いかやわいか関係ねえし』『彼女も先生だってさ』『職場で燃えあがっちゃったら、彼女別の奴とも燃えちゃってたんや』『寝取った方が山殻より偉いヒトなんだって』『教頭とか？　年寄りに盗られてんじゃねえよダッセ』……。

情報は雑多で無責任で、取りとめもなかった。ただその中に、一部真実の部分も含んでいるのは、たちが悪い。

『彼女が結婚したがってたのに、山殻は全然だったんだって。そりゃー彼女思い詰めるわ』『結婚スキスキ女かよ。そりゃ山殻逃げるわ』『俺だって二十代の間は自由でいたいもんなー。気持ちわからんでもないよ』『いや自由ってなにそれ。そんなもんのために彼女飼い殺しにしてたの？』『それはサイアク。山殻サイアク』……。

読んでいて、怒りで頭痛がしてきた。

私も高校生のとき、こうだったのだろうか。いや、絶対にちがう、ちがうはずだ。

書き込みは、ここ数日の間に頻繁に投稿されていた。最近、どこからか情報が漏れ出したのだろう。そして私は、次の書き込みを読んで息をのんだ。

『新情報です。山殻の元カノ、お亡くなりになってます』『うおマジで。事故？　病気？　自殺？　結婚してくんないから』『それがねー、寝取り相手が元カノ乗せて、ホテル出たとこで交通事故起こしたんだって』……。

それを機に、掲示板はさらに勢いづいていた。

読みたくもない誹謗中傷が、そこから、熱狂的に続いている。あまりきちんと読まないようにして画面をスクロールさせていたが、目があるひとつの書き込みに、釘付けになった。

『なんかトリック使って、山殻が殺したんじゃねえの。元カノと浮気相手もろとも』

眩暈《めまい》と、弾けるような頭痛が同時に襲ってきた。これ以上見たくはない。けれど、目が勝手に文字の列を追っていく。

『どうしよう。ソレつじつま合っちゃう……』『もう確定じゃん』『殺人教師か』『一撃でふたりおいしかったんか』『てか俺ら、殺人犯に教わってんの？　先生って人の殺し方教えるの？』……。

ひとり残らず、胸ぐらをつかんで引っぱたいてやりたかった。こんな濡れ衣を、この生徒たちは心から信じこんで山殻先生に着せているんだろうか。いくらなんでも、そこまでおめでたくはないだろう。ならやはり、おもしろ半分にやっているのだ。

「水路さん、今日はなんだかずいぶん思い詰めたお顔ですね」

「……わかりますか……わかってしまいますか」

いつもどおりの夕暮れ時。いつもどおりのカウンター。いつもどおりの穏やかな空間。でも、私の胸中はかつてない不愉快さで埋まっていた。

今日の黒手毬珈琲館には、私以外にお客さんが三人。皆ひとり客で、それぞれに本や携帯電話に目を落としている。もし黒塚さんとふたりきりだったら、感情に任せてクダを巻いていたかもしれない。

メニューを開いても、目は文字を上滑りするだけで、内容は頭に入ってこない。もう今日は適当にブレンドでも頼んでおこうか、と思ったとき、私の前にコースターとやや小振りのグラスが置かれた。中にはアイスコーヒーが入っている。

オーダー外のものが、ほかのお客がいるのに出されるのは珍しかった。思わず黒塚さんを見上げると、彼は人差し指を唇に当てて、声には出さずに「しっ」と仕草で言った。それから、これも仕草で「これは無料ですよ」と伝えてくる。

私は、よほど深刻な顔つきをしていたのだ。それを見かねて、気分直しの一杯ということなのだろう。気を遣わせてしまったことが恥ずかしく、頬の紅潮を意識する。

最近では私もいいかげん、黒塚さんからの厚意に、恐縮しながらも遠慮はしないようになってきていた。小声で「いただきます」と会釈してグラスを手に取った私に、黒塚さんも小さな声でささやく。

「普通のアイスコーヒーじゃないですよ。コーヒー・コーラといいます」

「こ、……コ？　え？」

よく見ると、グラスの中の濃い褐色の液体は、底から立ち上る泡を湛えていた。

「中身は、濃いめのコーヒーとコーラを一対一です。試してみてください。飲めなければ、残してかまいませんので」

「は、はい」

悪戯好きの子どもがやるような、悪い冗談のようなレシピだと思った。もしかしたら今のはジョークで、じつは普通のアイスコーヒーなのでは……と思いながらグラスに口をつける。

舌の上に、コーヒーの苦み。

同時に、炭酸。本当にコーラだ。

飲み下すと、コーラの甘ったるい後味が、コーヒーの香りですっきりと打ち消された。

驚くほど飲みやすい。

「お……おいしいです」

これ以外の感想を、このお店で言ったことがないのだけれど。

「よかったです」

黒塚さんがにこりと笑った。私が元気がないのを見てとって、気分転換に意外なメニューで驚かせ、自分の持つ技術で励まそうとしてくれる。サービス業かくや、だと思った。

こんな気分のときに、居場所があってよかった。ひとりきりの自分の部屋以外で、心を許して座れる場所があってよかった。

三人ほどいた客がほぼ同時に帰り、私たちはふたりきりになった。私は改めて注文したカフェラテを飲み干すと、その温もりに体が内側から解かれていくように感じた。昨夜からささくれていた心も、癒やされていく。

「あの……黒塚さん」

「はい？」

「私、高校のときの先生のことで今、悩んでまして」

「この間おっしゃっていたのと、同じ方ですか？」

「はい。今、梶崎浦っていう高校で先生やってるんですけど。そこの生徒たちの裏サイトで……」

昨夜見たものを、なるべく冷静に伝える。途中で、内容のひどさに何度も言葉が詰まった。できれば口にもしたくない、中傷の数々。

「先生を、なんとかしてあげたいんです。でも私には、なにもできない。もう子どもじゃないのに、大人なのに。いえ、本当は私なんて、全然大人なんかじゃないですね……」

いくらか持ち直していた気分が、また暗く沈みそうになる。

「水路さん、お疲れなんですね」

「いえ、ちがうんです。たしかに疲れてはいるのかもしれないですけど、疲れていなくても私はだめな奴なんです。疲れてさえいなければ問題を解決できる、一般の人たちとはちがうんです。元気でも、無能なんです」

ネガティブな言葉なら、驚くほどすらすらと出てくる。こんなことではそれこそだめなんだと、わかってはいるのだけど。

「では今日、ふたつ目のサービスです」

黒塚さんが、さっきよりもさらに小振りなグラス——いわゆるショットグラス——を私の前に置いた。私の親指くらいの高さしかなく、中には少量の透明な液体と、茶色い粒が入っている。

「これ、お酒ですか？」

「いえ。コーヒーシュガーのシロップ漬けです」

黒塚さんはニコニコしながら、カウンターの中でコーヒーをドリップしていた。顔は笑っているが、体と意識は作業に集中しているのがよくわかる、真剣に働いている人の動きだった。

「……シロップ？　ってことは、つまりこれって……」

「つまりそれって、グラス丸ごと糖分の塊です。それだけだと飲めないと思うので、こちらも。ブレンドです。お腹いっぱいなら、残してください」

今度はコーヒーカップが出てきた。

「これは、裏メニューみたいなものでして。僕が仕事終わりによく飲むんです。エスプレッソの底に砂糖を溜めて飲む人が多いんですけど、これは僕のスタイルで。マスターにも、変だって言われます」

黒塚さんが微苦笑する。その手には、私に出したのと同じショットグラスがあった。

「ほら、こうして」

ぐい、と黒塚さんはひと息にグラスを空けた。私も、若干の抵抗を感じながらも、それを見習って続く。

グラスの中身はほんのひと口分だったけど、口の中に、強烈な甘さが躍った。黒塚さんはブレンドも自分用のものを用意しており、すぐにそれを口に含む。私も、熱くて苦い液体を口の中に流しこむ。その熱が、シロップを含んで脆《もろ》くなっていたコーヒーシュガーの重く鈍い甘みを一気に解き、軽やかに華やいだ味わいに変える。そして飲み下す頃には、コーヒーの苦みがほどよい甘さとともに口の中に残った。

喉を鳴らすほど一気に飲んだせいで、カップの中身は、今のでもう半分くらいに減っている。

「残りは、ゆっくり飲んでください。僕にとってはこれが、体もですけど、心の疲れも取ってくれる飲み方なんです。閉店してから少し経った頃に店のドアをいきなり開けたら、だらけきって足を投げ出した僕が、これをやっているところを見られてしまうのです」

「黒塚さんがだらけてるところなんて、想像つかないです」

「マスターは別ですけど、僕はドアが閉まっているときは、そんなものですよ。ひどいときは角砂糖をスプーンにのせて、そこにシロップをつけてかじってますから」

黒塚さんは悪戯っぽく笑った。本当だろうか。わざと極端なことを言ってくれているのかもしれない。

コーヒーをまた、ひと口飲んだ。糖分はしっかり摂ったので、もう砂糖はもちろんミルクも加えない。

熱い液体を嚥下《えんか》して後味が吹き抜けたとき、あれ、と思った。変わった飲み方を続けたので、そう思えるだけかもしれない。気のせいだろうか。いや、でも。

「あの、黒塚さん。このブレンド、いつもとちがいますか？」

「いえ、同じ豆です。……どうか、されましたか？」

黒塚さんが、私のカップを見つめた。

「あ、いえ、ちがうんです。なんだか、いつもよりいい粉を使ってくださったのかと思って……。少し味が濃いというか、でもくどいっていうことじゃなくて、なんでしょうか、こう……」

よく澄んだ湖が、透明度はそのままに深さだけを増したような、構成要素のバランスはそのままに、存在感が一段階大きくなったような、そんな味。

うまい説明がなかなか思いつかない。数秒悩んでから、たった今、黒塚さんから同じ豆だと言われたことに考えが至る。

味がちがうなんて、気のせいだったのだ。私は、穴があったら入りたくなった。とくに優れた舌を持っているわけでもなんでもないのに、変に通ぶったようで、恥ずかしい。

「ごめんなさい、私おかしなこと言っ……」

顔をあげてそう言いかけた私の言葉が止まった。黒塚さんが、いつもの柔らかい微笑ではなく、こぼれそうな笑顔を浮かべている。今にも彼の目から星が飛び出すんじゃないかと思ったくらいだった。

「あ、あの？」

「す、すみません、つい。でも、やっぱり僕は、お客様に恵まれています」

黒塚さんは赤面して目を閉じ、右手で顔の下半分を覆った。それでも、隠した口元がにやけているのがわかってしまう。彼は元から童顔だけれど、本当に子どものような表情だった。仕事中は大人びた印象が強かっただけに、それを見た私の方もなんだか動悸《どうき》が速まってしまった。

「な、なにがでしょう？」

「飲食店の従業員はたいていそうですが、やはりお客様には、自分に作れるベストのものを召しあがっていただきたいんです。そのために、僕らは練習します。そうして、常に一定以上の水準の品が出せるようになります」

「はい」

なによりも、いつものこのお店のコーヒーがそれを証明している。

「でも時折、自分でも意図せずに、いつもよりずっと出来のいい会心の一作ができることがあるんです。何百回も何千回も作り続けてきたメニューなのに、かつてない完成度で仕上がることが。なにかの拍子で、思いがけずに」

黒塚さんはさらに続ける
「そのときの喜びときたらなくって、可能なら時間を止めて保存しておきたいくらいなんですが、飲食物ですから、当然できたてをすぐにお客様に召しあがっていただきます。そうしたら、ほかのお客様に悪いですから『これはほかを圧倒するほどの最高の出来ですよ！』とは言えません。作った本人だけが、心の中で快哉《かいさい》を叫ぶのみなんです。あくまで、いつもどおりのものをお出ししただけですよ、という顔で」

私も、自炊したときに似たような感覚があります――などとは、とても言えない。でも、少しわかる気がした。

「ですからそういうときは、カップを口に運ぶお客様の様子をいつもよりよく見てしまいます。少し驚かれたり、怪訝な顔をされたりしたら、ああ気付いていただけたかなと思ったりして。でも、わざわざ口に出していただけることはめったにありません。ですから、僕も普段は自己満足の範疇で内心喜んでいるだけなんですが、先ほどは不意打ちだったので……いえ、そんな言い方失礼ですよね。すみません」

さらに顔を赤くする黒塚さんを見て、ああそういえばこの人は私よりも年下だったのだ、と思い出す。

普段の働きぶりを見ているだけに、人間的な値打ちで私の方が負けている感覚が常にあったので、新鮮な姿を見ることができて、つい私も高揚した。

「もしかして黒塚さん、あれですか、気分的には今もうイエスとか言ってガッツポーズしちゃうぞ的な感じですか？」

そんな軽口も出てくる。

「気分的にはまさにそうですね。でも」

黒塚さんが、笑顔のまま私の目を見つめた。

「それは、水路さんのおかげなんですよ。言ったでしょう、お客様に恵まれたって。味のちがいに気付いて、その上で言葉にしていただけなければわからないことですから。水路さんは、とても素敵なお客様です」

たまにはちょっと黒塚さんをからかってみようかなどと、悪戯心を起こしていたせいで、今度はこちらが、そのまっすぐに飛びこんできた視線と言葉に貫かれて思いきり狼《ろう》狽《ばい》してしまう。

「あ、いやその、わ、私はそんな、コーヒーを飲んだだけですし」

「それを言ったら僕は、コーヒーを淹れただけです。マスターが言っていたんですけど、いいコーヒー店にあるものは、つまるところ、いい店員といいお客様だけなんだって。こういうことかなって、今日みたいな日には思うんですよね」

「そっ、それはどうも……どういたし、まして……」

今度は、こっちが赤面する番だった。人から掛け値なしに褒められることなんて、今までの記憶を総ざらいしてもそうそうない。つい、気分が浮かれてしまう。やはり黒塚さんの方が、私よりもはるかに役者が上だと思う。

「わ、私は、いいお客なんかじゃないですけどね……だめ人間ですし」

「水路さんは、時々そんなことを言われますね。僕は、そういうふうに思ったことはないんですけども。以前から、ここにいるときもずいぶん恐縮されているように見えます」

黒塚さんには、これまでに私に起こったことをいろいろ話してみたい衝動にかられることがよくあった。きっとこの人は先入観も持たず説教もせず、ありのままに聞いてくれるだろうから。

でも考えれば考えるほど、私の身の上話なんて、他人には興味もないような人間関係の行き違いにすぎない。それになにより、それなりに客として評価されている(らしい)私が、社会人としてはろくに役に立たないぽんこつであることを、自分の口からわざわざ黒塚さんに具体的に説明することに抵抗があった。

黒塚さんは、私がどんなに情けない人間だったとしても、ぞんざいに扱ったりはしないだろう。でも、不出来な人間であることを知られているというだけで、私の中では確実にそのことを意識してしまう。そうしたら、こんなにも居心地のいい黒手毬珈琲館という居場所を、私は失ってしまう。それが怖い。

「黒塚さんは、……働いていて、怖いと思うことってありますか？」

「生身のお客様のお相手は、いつだって怖さはつきものですが――それ以外でも、そうですね、ありますね。とても怖いことが」

「……聞いてしまっても、いいでしょうか」

黒塚さんの仕事は、私がこれまでに経験してきたものとはまるで別だ。オフィス勤めはもちろん、今だって一見客商売という形は似ていても、私の半人前以下の店番と彼は比べ物にならない。それなのに、こんなことを聞こうとしている。

私は、自分の卑怯さに胸中で舌打ちした。私は、ほかの人のコンプレックスが聞きたいだけだ。自分を少しでも慰めるために。

「水路さんが聞いても、あまりおもしろくありませんよ。自分でも人が聞いたら、なんだそんなつまらないこと、と言われるだろうと思いますし」

かまわない。むしろ、そういうものが聞きたい。私は視線で黒塚さんを促した。

「本当につまらないことなんですよ。でも、恐ろしい。……笑わないって、約束していただけますか」

私はこくこくとうなずいた。笑うわけがないじゃないですか。私に、人を笑えるわけがない。そう、口の中で唱えて。

黒塚さんは二度嘆息してから、口を開く。私はつい、息をのんだ。

「……お湯。ですね」

「お湯」

「ドリップするときのお湯が、思ったより熱いときがあるんです。逆に、ひと冷ましのつもりがぬるくなりすぎるときとか。それが――ドリッパーにお湯を注ぐ瞬間に」

「瞬間に」

「気付くんです……湯気の具合とか、手先の感覚で。これは熱い！　まずい！と。でも、もうやかんの口からはお湯が出てしまってるし、どうしようもないっ！　……最近ではもうあまりないんですけど、今でもこれは怖いです。だって、お湯が思ったより熱いんですよ。思ったより熱いなんて、もうどうしようもないじゃないですか……！　湯温計なんて使ってたら、一杯淹れるのに何分かかるやら！」

黒塚さんが、胸の前で拳《こぶし》を握り締めた。

「あとは、なんといっても――うちでは、電動のコーヒーミルで豆を挽くんですが」

「……はい」

「一応、予備もあるんですが、ある朝、突然すべて壊れていたらどうしようというのも、時々考えます。業務用ですから一朝一夕には同じものは手に入りませんし。そんなことになったら、今現在はほぼインテリアと化している手挽きのミルを使うしかないんです！　一日分すべての粉を、オール手挽き！　考えるだけで恐ろしい！」

どこか近くで、ほかの適当なミルを買われては……と言おうとしたが、黒塚さんが両手で顔を覆ってしまったのでためらわれた。そのまま彼は、十秒ほど固まる。

「……黒塚、さん？」

黒塚さんは指の隙間から顔をあげて、ぽそりと言う。

「水路さんが、今なにを考えてるか、当ててみましょうか」

「え？　あ、はい」

「『言うほどたいしたことじゃない』」

「な、なんでわかったんですか！」

「表情を拝見すれば、だいたいわかります。というか、水路さんはわかりやすいですよ」

半眼の黒塚さんを、初めて見た。今日は、いくつも珍しい表情を発見している。

「だ、だって」

弁解しようとしたとき、お店のドアが開いた。

「いらっしゃいませ」

黒塚さんが一瞬でいつもの営業用スマイルに戻るのを見て、舌を巻く。さすがだ。

お客は、女性のふたり連れだった。

ブレンドを注文され、黒塚さんが手早くお湯を沸かす。

コーヒー豆をミルに入れるときと、ドリップする寸前に口の細いやかんを傾けるとき、それぞれ黒塚さんが私にだけわかるように目配せした。そのたびに、私はふき出しそうになった。

いいお店にあるのは、いい店員といい客。私はそれになれているんだろうか。なれているとしたら、それはやっぱり、黒塚さんのおかげだ。

女性客たちと談笑している黒塚さんを、そっと横目で盗み見た。

私のコーヒーは、すでに空になっていた。今日は、さすがにこれ以上は飲めそうにない。

それでも私は、さも中身が残っているかのようにカップに少しずつ口をつけて、しばらくお店に居座った。

できれば、いつまでも帰らずに、ここにいたかった。

家に帰り、今日もノートパソコンを立ち上げ、例の裏サイトを開いた。

相変わらず、心ない書き込みが続いている。

『ねえ、さすがに冗談じゃないって。気分悪いってレベルじゃないよ』『OK。探偵団つくろうぜ』『なにするんだよ』『前の学校で山殻がなにやったのか、調べ尽くして発表するんだよ。俺らには知る権利ってあるんだろ。自分の学校の先生が殺人者かどうか、これは知る権利に該当するだろ』……。

そして、そこからは匿名ではあるものの、探偵団――だかなんだかの活動の方向性が具体的に構築されていっていた。聞き込み、尾行、過去の新聞記事のチェック。どこまで本気かはわからないが、そこにはすぐにでも実行に移しそうな熱意とリアリティが込められている。

さすがにその熱狂についていけない生徒もいるようで、中には冷静な書き込みもあった。

『刑事事件にもなってないのに、殺人犯もなにもないだろう。そんなに怪しかったら教師なんて続けられないだろうし、今のところ普通の、いい先生だろう？　時間の無駄だ。それに知る権利は、プライベートを暴く権利じゃないぞ』

少しほっとした。日付を見ると、今日の書き込みだった。私はこの生徒に心の中でエールを送ったけれど、〝探偵団〟の反撃がすでにいくつも書きこまれていた。

　このままでは、先生が窮地に陥るかもしれない。せっかく職場を移ったのに、こんなばかばかしい噂があったら、真に受けやすい父兄などはどう騒ぎだすかわからない。自分がなんとなく気に入らないことを、子どもを盾に取って排除の理由にする親を私だって学校生活の中で何人も見てきた。

　なにか、できることはないだろうか。ここにいる梶崎浦の生徒たちをひとり残らず論破した上で納得させるようなことができればいいけれど、インターネット上でのこんな書き込み合戦では、きっと彼らより私の方がはるかに劣る。

　でも、このままになんてしておけない。

　私はしばらく考えた末、ほとんど破れかぶれの行動に出た。

　うまくいくと思っているわけではない。でもなにもしないわけにはいかないし、ほかに方法も思いつかない。

　私が高校生のとき、最も信頼できなかったのは、きれい事と大人の立場を利用して、真摯さのかけらも持たずに私たちに接しようとする大人だった。テレビでも、学校でも、そんな大人ばかり目立っていた。山縠先生はその逆で、私なんかの人格にも先生なりに向きあってくれた。だから――好きになった。

先生が教えてくれたやり方で、私にこの問題が解決できるだろうか。

いや。

たしかに荷は重い。それでも、やる。

今の私なら、できるはずだ。ひとりで打ちのめされて、めそめそとしていた頃とはちがう。兄に守られ、黒塚さんに出会い、先生と再会して変わりはじめた、今の私なら。

私は頭の中で文章を整えると、キーボードを叩きはじめた。ビジネス文書みたいになって、形式的だととられないように。でも、礼儀正しく。相手を尊重する気持ちを忘れずに……山殼先生のように。

『初めまして。私は、山殼先生のかつての教え子です。部外者がお邪魔して、すみません。こちらでここのところ話題になっている、前の学校での事故のことです』

シンプルに、でも不躾《ぶしつけ》にならないように。匙加減を考えながら、書く。

『すでに挙げられている情報については、事実のものもありますが、憶測も多いと思います。実際に、山殼先生は生徒たちに顔向けできないようなことをする教師ではありません。それは、みなさんが山殼先生ともう少し一緒に過ごせばわかってもらえると思います』

あまり先生を持ちあげるような書き方をすると、単なる先生の身内か、悪くすると先生本人が書いているのではないかと揶揄《やゆ》する生徒も出てきそうなので、このくらいにしておく。

『私の知る山殻先生に教わった生徒は皆、充実した学校生活を送ることができました。みなさんにもそうあってほしいのです。そのために、どうか山殻先生を傷つけるようなことはやめてください』

これ以上長くなると、読む方もちゃんと読んでくれないだろう。そう思い、ここで送信ボタンをクリックする。

掲示板に、私の書いた文章が掲載された。少し待ってから画面を更新すると、やはり私に対するコメントがいくつも書きこまれている。

もとよりまともに返答するのが難しそうな、とげとげしい暴言が並んでいる。あまり深く考えずに書きこんでいるであろうことはわかっていたので、一つひとつに返答することはしないで無視する。それでも、目を通しているだけで気が滅入った。会社を辞める寸前の上司たちの顔が頭に浮かび、懸命に振り払う。

こんなことで、心を弱らせている場合ではない。私に疑問を投げかけたり、意味のある主張をする人にだけ答えていけば、多少は建設的なやり取りができるのではないか。

『本当に元教え子ですか？　それを証明できますか？』

本名や連絡先をここで書く気にはならないけれど、可能な限り真摯に答える。

『山殻先生が以前勤めていた高校の生徒でした。担任だったこともありますので、みなさんよりは先生に詳しいつもりです。証明は難しいですが、可能な範囲であれば質問にお答えして、証明に代えさせていただきます』

『本当に教え子だとして、なぜここに書き込みしたんですか？』

『転任した先生のことが心配で、先生の名前を検索しているうちにたどり着きました』

『なんでそんなに先生のことが心配なんですか？　あなた女性ですか？』

『二十二歳の女性です』

複数の質問者がいるので、なるべく簡潔に素早く回答していく。長文でなければ答えられない質問は、後回しにした。

『山殻先生とは特別な関係にありますか？』

やはり、来たか。

この時点で、学校関係者でないのなら荒らし行為だから出ていけとか、山殻に片思いし続けているか手を出された女だろうとか、私を攻撃する意図の書き込みはいくつも発生していた。でもそれらは、まとめて無視する。どのみち、私がどう反論したところで、この手の発言者はまともに取りあったりしないはずだ。

ただ、そろそろ私と先生の関係についてはひと言断っておいた方がいい。

『昔、私の方から一方的に好意を持ったことはあります。ですが、今は単なる担任と元生徒、という状態です。異性として抱く感情はお互いにありません』

特別な関係ではない、とは言えなかった。少なくとも私にとっては、特別な人だから。でもそれは今、言う必要はない。

ほかにも、私の身元に関する質問はこまごまと相次いだ。時折、私に対して『気持ちはわかったから、もうやめなよ』という呼びかけもある。けれど私は、なんらかの成果を出すまではここで粘るつもりでいた。

すると、これまでとは様子のちがう書き込みが現れた。『hidebiru』というハンドルネームだった。

『ここでやってても平行線だろうよ。どうですか、俺たちはあんたを信用しきれない。あんたも俺たちが、もう山殻を狙うのはやめますと言ったところで信用できないだろ？直接会って話しようよ。あんたは卒アル持って、俺と待ち合わせすんの。あんたが何者かはそれで証明できるし、あんたに直接顔見られりゃ、俺はそうそう悪さもしづらくなる。どう？』

そう言って提案されたのは、次の日曜日、時間は午後一時、場所は梶崎浦から二駅ほど離れた所にあるカラオケだった。

今が金曜の夜なので、明後日《あさって》ということになる。

初対面の、それもこんなことを書きこんでいる人と会うのは恐怖もあったけど、相手は高校生で、時間も真っ昼間ということもあって、私はその提案をのんだ。

陽《ひ》を喚《よ》ぶ月

土曜日は、何事もなく過ぎていった。

この週末は兄が店番をするからということで、私は土曜日の午前をけだるく過ごし、正午近くになってから、ノートパソコンを開いて家具店や最新家具の情報を眺めていた。

コーヒーが飲みたくなって、インスタントを一杯淹れた。以前、無神経にも、黒塚さんにインスタントコーヒーのおいしい淹れ方を聞いたことがある。お湯の温度や、カップをあらかじめ温めておくこと、まず水で少量のコーヒーを溶いてから十分な量のお湯を注ぎ入れることなど、いくつかのポイントを教えてもらった。

一応、あとから、失礼なことを聞いてしまったのではないかと思って謝った。

そう言ったら、彼はこう言ってウインクしたのだ。

「僕もインスタントは飲みますから。インスタントには、それにしかないよさもありますからね。手軽だというのは、すばらしいことです」

私が勤めていた会社の、自称コーヒー通の管理職が、「インスタントや缶コーヒーなんてコーヒーじゃないね」とうそぶいていた姿よりもずっと素敵だった。

インスタントコーヒーを飲み終えると、情報収集を少しやめて、ちょっと休憩することにした。そして今度はインスタントではないコーヒーを淹れる。

黒手毬珈琲館で買った焙煎豆を、これも最近買った電動ミルで中挽きにする。ペーパー・ドリップで濃いめのコーヒーを淹れると、私は半分くらいまではそのまま飲んで、残りに多めにミルクを注いだ。黒塚さんの所作は流れるようにうららかで自然だけど、私はまだまだばたついている。

明日はいよいよ、hidebiru氏と会うことになっている。気合いを入れるタイミングとしては早すぎる気がしたけど、私はさらにもう一杯、今度はエスプレッソのように濃く淹れたコーヒー――エスプレッソマシンなど持っていないので――に砂糖を大量に入れて、一気に飲み干した。

一瞬、先生に明日のことを伝えておこうかという考えが頭をよぎった。けれど一〇〇パーセント止められるだろうし、そもそも連絡先を知らないので、学校が休みであれば伝えようがない。

結局、誰にもなにも言わずに、私は土曜日をひとり家で過ごした。

翌朝、私は平日と同じ時間に目を覚ますと、朝食を摂り、メイクと着替えを済ませて家を出た。

朝一番で濃いめに淹れたコーヒーの香りが、口の中に漂っている。強い味方を得た思いで、私は待ち合わせ場所へ向かった。卒業アルバムを入れたトートバッグが肩に食いこみ、何度も位置を直した。

目的の駅で降りると、指定されたカラオケは、すぐに見つかった。約束の一時よりも三十分くらい早く着いてしまったので、駅に戻って時間を潰しながらもう一度気合いを入れ直す。

一時五分前になったので、改めてカラオケに向かう。建物は大きいものの、ややうらぶれており、大手のチェーン店ではないようだ。

入り口の自動ドアをくぐると、カウンターの向かいにしつらえられた丸テーブルの脇に、少年がひとり座っていた。

店員が「いらっしゃいませ」とかけてくる声を背に、私は彼に近付く。そういえばhidebiruは単に「ヒデビル」と発音していいのかわからないことに気付いたけれど、かまわずに彼に声をかけた。

「私、水路と言います。あの、学校の――」

裏サイトという響きが、口に出そうとするとひどく不気味に思えて、「――ホームページの」と言い換える。

「あなたがヒデビルさん、ですか？」

少年は、栗色の短髪で、鋭い目つきをしていた。顔を動かさずに、視線だけで私の顔を斜め下から見上げているので、睨みつけられているように感じる。偏見かもしれないけど、苦手な人種ではある。

「水路さんっていうんだ。俺がヒデビルです。よろしく。部屋、もう取ってあるんで」

hidebiru氏はついと立ちあがった。体躯は私より少し立派なくらいで、男子としてはどちらかといえば小柄な方だった。彼は店員に目くばせすると、廊下の奥の方へ歩いていく。

「すんませんね。俺なんかだと、ほかにゆっくり話せる所知らなくて」

「いいえ、いいんです。たしかに、ファミレスとかだと、しづらい話だと思いますし」

少年はからからと笑って「いい人ォ」と言い、五〇一号室のドアを開けて、中に入った。私も続く。

部屋は七、八人は座れそうなソファがあり、スペースは広めだった。あまり接近した状態で話さずに済みそうで、少しほっとする。

低めの四角いテーブルを挟んで、私たちは座った。

「なにか飲むっすか?」

「いえ、いりません。それより、さっそく本題なんですけども。私は水路朝希、山殻先生の元教え子です。これが、卒業アルバム。私と、山殻先生が写っているでしょう。これで信じてくれますよね」

「そうっすね。お姉さん、高校のときから可愛いっすね」

軽口を叩くのはかまわないけれど、真面目に話を聞いているのかが気になる。けれど、疑念を持ったまま話せば胸襟を開いてはくれないだろう。私は努めて彼を信用して、まくしたてた。

「山殻先生は、私の小学校から短大までを考えてみても、一番いい先生でした。あまり積極的に生徒の生活や考え方に介入するタイプじゃないけど、あの先生に教えてもらえるのは、幸運なことよ。だからもう、あんな話を取り沙汰して広めるのはやめてください」

「いいっすよ」

あっさりそう言われ、拍子抜けした。やはり、真剣に正面から語りかければ、相手に想いは届くということなのか。なんとなく安堵《あんど》しかけたとき、私の背筋に冷や汗が流れた。少年の顔に、意地悪そうな笑みが浮かんでいる。

終わっていない。まだ、なにかある。

「それはいいんすけど、やっぱ、頼み事って信頼関係が大事じゃないすか。知らない人に一方的なお願いが通ることって、あんまないっていうか」

「そう……ですね」

不穏な空気を感じて、思わず、天井のあたりに目をやる。部屋の明かりは落としてあり、光源は、占いゲームかなにかが流れ続けるテレビモニターだけだった。監視カメラの類いが見当たらない。小さくて目立たないものが天井に埋めこんであるのだろうか。こういう所だと防犯のために、わざと目立つサイズのものを設置しそうなものだけど。

「あの裏サイトね、うちの学校のいくつかある裏サイトの中のひとつなんすよ。あそこ使ってるのは俺の友達ばっかり。だから山殻の元カノの噂とか、校内にそんなに広まってるわけじゃないんす。俺らが話のネタにするのをやめれば、すぐに忘れられちゃうでしょうね」

「そう、なんですか。じゃあ……」

少年がソファから立ちあがり、テーブルを回って、私の隣にドスンと腰を下ろした。

部屋のドアは、彼の向こう側にある。

「あ、の」

「来た奴が不細工だったら、ちょっと小遣いでももらって終わりにしようかと思ったけど。お姉さん可愛いよね」

危機感の棘が、ピリピリと背中を刺激した。

彼を信じると決めて、ここまで来た。でも、どうする？　相手は高校生。それをどう判断すべきなのか。まだ信じる？　けれど——。

「変なことを考えてるんなら」

「ならどうする？　山殻のことなんか、ほっとく？　俺はそれでもいいよ」

頭をぱんと引っぱたかれたような気がした。これは選択ではない。脅迫されている。

「別に、無理やり襲おうってんじゃないんだよ。ちょっと、楽しいことするだけ。本当にこれっきり。な？」

脅されている以上、この部屋の中でなにを決断しても、なにひとつよい結果にはならないことは確信できた。これでなお相手を信じようなんていうのは、ただの思考停止だ。

そのとき、廊下に足音が響いた。店員だろうか。助けを求めて、なんとか仕切り直せないか、逃げ出せないかと、嫌悪感で硬直しかけた頭を回転させる。とにかく、人を呼ぶしかない。

けれど、こちらから声をあげる前に、私たちのいる部屋の扉が開いた。そして中に入ってきたふたりの男性——おそらくは高校生——が、hidebiru少年と類似した風体なのを見て、私は胸中で悲鳴をあげた。三人は目くばせすると、私を取り囲むようににじり寄ってきた。

彼らの意図は、その下卑《げび》た笑顔を浮かべた表情から明白だった。彼らは——子どもではない。若い欲望を抑えるつもりのない、男だ。そのくらいは、私にだって読み取れる。彼らにはまだ余裕があり、すぐに暴力に及ぼうという気はないように見えた。でも、もし今私が叫び声をあげて暴れたら、どんな目に遭うのだろう。

カメラがないのは偶然なのか。さまざまな思考が展開しても、すべては恐怖一色に塗りつぶされていく。

そして恐怖から逃れるために、私の思考もあらぬ方向へ流されていった。きっとここから、なんの代償も払わずに逃れることはできないのだ。それなら、抵抗した結果、怪我を負わされて目的を遂げられるよりは、やや緩みを残した今の雰囲気のまま彼らに体を任せれば、少なくとも痛い思いはしなくて済むのではないのか。

彼らの気が済めば、山殻先生のこともきっと聞き届けられやすくなる……。

「な、名前……を」

「あ？」

なぜそんなことを言ったのかはわからない。そういえば、こちらは名乗ったのに私は三人のうちの誰の名前も知らない、と思ってはいたので、それが緊張のあまりこぼれ出ただけかもしれない。

けれど――。

「名前は言えないよォ。内緒でーす」

けれど、あとから来たふたり組のひとりがそう言い、ほかのふたりがどっと笑うのを聞いて、私は正気を取り戻した。彼らに誠意のかけらでもあれば、そんな応答にはならない。少なくとも、今ここで彼らの言いなりになって、好転することなどあるわけがない。そう気付く。

――先生。お兄ちゃん。黒塚さん。

殴られたってかまわない。それでも、私は私を、この人たちの好きにはさせない。なんとかして、逃げ出してみせる。

そう決意させてくれたのは、この数か月、私を見守り、優しく助けてくれた人たちとの記憶だった。

意を決して思い切り息を吸いこんだのと、再び部屋のドアが開けられたのは、同時だった。

一瞬、彼らの仲間が増えたのだと思って、胃の底が凍る思いがした。

暗い部屋の中から明るい廊下を見ているせいで、そこに立つ人影がシルエットになっている。

そして——その形を見て、恐怖に凍った私の内臓が温かく溶けた。

「珍しい取り合わせだな」

低く静かな声は、けれど、ほかのどんな音よりも確実に、私の耳をとらえる。

「苅田《かりた》秀行《ひでゆき》、大島《おおしま》浩太《こうた》、臼田《うすた》亨《とおる》。そのまま動くなよ。そして——水路」

私を囲んでいた、見知らぬ獣のようだった三人は、名前を呼ばれて正体を暴かれ、廊下から漏れる光に煌々《こうこう》と照らされて、ただの高校生に戻った。まるで吸血鬼が太陽の光に制されているかのようだった。

「聞こえてるのか、水路」

「は……い」

「はいじゃない。さっさとこっちに来い。そしてお前ら三人はこれから学校に直行だ。俺が引率するから、おとなしくそこに座ってろよ。俺は駅へこいつを送ったら、すぐ戻る。逃げようなんて思わないことだ」

私は三人の間をすり抜けて、あたふたと山殻先生に駆け寄った。

「待てよ、先生。あんた、ここに来たってことは、裏サイト見てんのかよ。生徒の裏の声あさってんじゃねえよ」

「生徒の内緒話を覗き見するほど野暮《やぼ》じゃない。俺にも、緊急時にだけ作動する連絡網のひとつやふたつはあるってことさ——ああ、連絡網というのは死語だったか。お前らこそ、野暮な真似はするな。自分と人の人生を棒に振ってからでは、遅い」

先生は私を店の外へ促すと、カウンターを通り抜けざま店員に向かって、

「カメラの未配備、もしくは取り外しは感心できませんね」

と鋭く言い放ち、私を追ってカラオケを出てきた。

とくに確認し合うでもなく、私たちは駅へ向かって歩いた。道中、そっと先生の横顔を盗み見ると、ぶぜんとした顔の目線は、私には一瞥もくれずにまっすぐ前を向いていた。

「……あのう」

「ああ」

「えーと」

「ああ」

「…………」

「………」

「てへ」

山殻先生が、ぐりんと私の方を向き、

「お前は、少しは考えたらどうだ。相手が高校生とはいえ、体格ではお前を圧倒する男と、出たとこ勝負で待ち合わせなんぞ、正気の沙汰とは思えん。しかも密室！」

「だ、だって……ほかに方法が思いつかなかったんです。怒って……ますよね」

「だいぶな」

駅に着くと、先生は私に正面から向きあった。

「人助けをするときは、最低限、自分の身の安全を確保するんだな」

「はい。反省してます……」

「いや――すまない。礼を言うのが先だな。心配してくれたんだな。悪かった。ありがとう」

「いえ……そんな……」

助けるはずが、助けられた。やっぱり私は先生に、なにもしてあげられないのだろうか。いや、お礼を言ってくれたということは、少しは先生の役に立てたと思っていいのかもしれない。情けなさとわずかな希望、それに窮地《きゅうち》を脱した安心感がようやく込みあげてきて、私は泣きだしてしまった。

日曜日の真っ昼間、駅で年の離れた男女が向かいあい、女の方が泣きじゃくっている図というのは周囲の誤解を招く気がしたけれど、止められない。

「水路。言っておくが、お前を助けた騎士《ナイト》は俺じゃない」

「え？」

「お前を通じて俺を心配して――いや、心配していたのはどちらかといえばお前のことなのだろうがな、俺に連絡をくれた人がいる。金曜日の夜に裏サイトで俺に関する書き込みを見つけて、鎮静化させようとその場の連中を諌《いさ》める内容の書き込みをしていたら、いきなり話題の教師の元教え子とやらが現れたらしくてな。おまけに危なっかしいことに、その裏サイトの利用者と待ち合わせまでしだしたと」

客観的に改めて聞くと、自分の行為がとても愚かしく思えた。いや、問題はそこじゃない。いったい誰が……誰って、それは。

「翌日は土曜日で学校が休みだ。その人はお前が心配だったので、俺の学校へ電話をくれて、たまたま仕事で来ていた教師に懇願して俺に連絡を取ろうとした。その教師は当初は聞き入れなかったんだが、どうも様子が尋常じゃないので、ひとまず俺に連絡をくれた。あらましを聞いた俺はその人と連絡を取り、裏サイトに載っていた情報を得て、ここへ来た。その人も来ようとしていたが、今、マスターは風邪で調子が悪いとかで、その人が店を抜けてしまうと臨時休業にしなきゃならん。個人経営店でそれもまずいしな、俺ひとりでなんとかするからとその人をなだめて、結果、俺がお前を助けられた、ということだ」

やっぱり。……やっぱり。

私は学校へ電話してもどうせ無駄だからと諦めたのに、私自身がその程度で自分を守る術《すべ》を諦めてしまったのに、その人は諦めなかった。そして今日、私を、先生を通じて助けてくれた。

なんて人だろう。私は、なんて恵まれた出会いを得ていたのだろう。改めて思い知る。

「怖い思いをさせたのは、悪かった。あいつらがまさかあんな真似までしようとしていたというのは、俺の見通しが甘かった。連絡先などは知られていないな？　知られていても、なにもさせないが」

「はい、大丈夫です。……あの、先生、私」

「ああ。行ってこい」

「はい」

私は、ひとりで自動改札を通った。市街地の中にある小さな駅で、改札のすぐ先が地続きのホームになっている。私が乗る電車が間もなくやってくることを、構内アナウンスが告げた。

自動改札機を挟んで、数メートルの距離を空けて私と先生は向き合う。

「じゃあ俺は、カラオケ屋に戻る。じゃあな」

「はい。あの、先生。あづみへの手紙、もうすぐ完成しそうです」

「そうか。仕上がったら、いつでも学校へ連絡しろ」

「先生の、私への手紙はまだですか？」

「ああ。できてるぞ。今持ってる」

私はぽかんと口を開けた。横を通り過ぎる人々が、間の抜けた私の顔を見ては目を逸らしていく。

「じゃ、じゃあ今くださいよ！」

「そら」

先生はつかつかと自動改札機に歩み寄り、私に、どこから取り出したのか、まっ白な封筒をさっと差し出した。

「ど……うも」

手が震える。

私が手紙をトートバッグにしまうと、ちょうど電車がやってきた。

その車輪の音を聞きながら、私は予感していた。山殻先生と直接会うのは、これが最後なんじゃないだろうか。

そうでなかったとしても――あづみへの手紙のやり取りや、ほかのなにかの用事で連絡を取ることはあるかもしれないけれど、今以上に親しさが進展することはないだろう。私たちの間に横たわる、硬質で大振りな自動改札機が、そう思わせたのかもしれない。あくまで私からの連絡先を学校に指定した山殻先生の、言外の意志を私が感じ取ったのかもしれない。

高校のときの私なら、そんなものは軽々と飛び越えただろう。

でも、今の私は、もうちがう。今まで何度も、ひどく後ろ向きにそう思い知ってきた。けれど今は、今の自分が過去の自分に劣っているとは思わない。あの頃の私が得ていないものが、今の私にはいくつもあるから。

「先生、ありがとうございました！」

思い切り手を振る。この瞬間だけは、高校生の頃のように。

電車へ駆けこむ。高校生の頃、毎朝、そうしていたように。

ドアが閉まり、車輪が動きだす。頬に残っていた涙をハンカチで拭き取り、口角をくいっとあげる。

笑顔で、お礼を言いに行かなければならない。

——黒手毬珈琲館へ。

コーヒー・ジンジャーの騎士

私が息を切らせながら到着したとき、モスグリーンのシェードの下の黒塚さんは、落ち着きなく看板の位置の調整などをしていた。

日はもう傾きかけていて、黒手毬珈琲館の枯れた色合いをした壁が、いっそう深みのある味わいを醸していた。そして黒一色の服装の黒塚さんの姿は、その黒色が、いつにも増して温かみを帯びて見えた。

「黒塚さん！」

私に呼ばれた黒塚さんは弾かれたように顔をあげ、ほうと嘆息した。

「先ほど、山殻先生からお電話いただきました。お役に立てたみたいで」

「お役に立てたどころじゃないですよ……ありがとうございました。黒塚さんがいなかったら、私……」

なにから言えばいいのかわからなくなって言葉がつかえた私を、黒塚さんがお店の中へ促した。

中に、ほかのお客さんはいなかった。この色合いを見るのはなんだか久しぶりの、夕日が差しこむ部屋の中で私たちふたりだけが呼吸している、少し不思議な空間。

私がカウンターに着くと、黒塚さんは私に水のグラスを出してくれ、それからコーヒーの支度を始めた。

「ちょうどよかったです。秋に向けて、試したいアレンジコーヒーがあったので。お時間があるようでしたら、試していただけますか」

私は、こくこくとうなずいた。姿勢のいいバリスタが、流麗に動きだす。

「黒塚さんだったんですね。あの、裏サイトへの、ほかの人たちを抑えようとしてた書き込み」

「高校の名前を教えていただいたので、検索していて見つけたんです。高校生のふりをしましたけど、なかなか難しいですね」

手の動きを止めないまま、黒塚さんが照れたように笑う。

「どうして、あれが私だとわかったんですか？」

「わかりますよ、あれは……。でも、まさか、水路さんがあんなに向こう見ずになるとは思いませんでした。先生のためなら、ってことですね。なんだか羨ましいです」

黒塚さんはドリッパーの中の豆をお湯で蒸らしている間に、ペティナイフと小さなまな板で、生姜《しょうが》を薄くスライスした。いびつな円盤状になったぺらぺらの生姜へ、放射状に切り込みをいくつか入れ、コーヒーカップの底に三枚ほどそれを敷く。

「そう、ですね。先生のためです。じつはさっき、先日お話しした、手紙をもらえたんです」

「それは、よかったですね。あ、でもそれでしたら、ここでコーヒーなんて飲まずに早くお帰りになって、ゆっくり読みたいのでは？」

「いえ、いいんです。だいたい、文章の長さや、内容も、なんとなく想像つきますから」

私は、トートバッグから先生の手紙を取り出した。封筒から中身を取り出すと、小さめの便箋が一枚だけ入っている。

「いいんですか？　こんな所で読んでしまって」

黒塚さんは、蒸らし終えた豆に、ストローのように均一な細さのお湯を静かに注いでいく。カップの中の生姜を、濃い褐色の滴《しずく》がじきに叩きはじめるだろう。

「そんなに長々と感動的な文句が書かれてるわけじゃないんですよ、絶対」

便箋を開くと、案の定、そこには短い言葉が五行ほど書かれているだけだった。それを、声に出して読みあげる。

「『頑張っているようだな。いろいろ心配かけたようだが、俺のことは心配いらない。水路のことは心配している部分もあるが、心配いらないとも思っている。人に理解も納得もされないことが、しかし、まちがっているとは限らない。ありがとう。またな』」

努めて、ゆっくりと読んだ。

「……え、それで終わりですか？」

文章が終わって数秒してから、黒塚さんが、そう言って、カップからドリッパーを外した。横に置いてあった蜂蜜の瓶を取り、中からひとさじすくってカップの中に落とし、黒く細いマドラーで静かにかき混ぜる。

「はい。拝啓とか敬具とかもなしです。たぶん推敲《すいこう》とか下書きとか、そういうのは全然してません」

「山殻先生って、国語の先生でしたよね……？」

「古文ですけどね。日常の文章と、授業とはちがうってことなんでしょう」

私は苦笑した。

「どうぞ。コーヒー・ジンジャーです」

カウンターに出された厚手のカップの中のコーヒーからは、生姜のいい香りがした。ひと口飲むと、生姜の刺激に蜂蜜の甘さが加わって、なんだかすごく元気が出そうな味だった。

今日は昼間、かなり疲労したので、力強い味わいの液体が嬉しかった。舌を焦がすような熱さに促されるようにして飲み進め、カップはすぐに空になる。気温はまだまだ高い日だったが、熱いコーヒーがとてもおいしかった。

カップをソーサーに置き、ふうとため息をつく。生姜のせいか、体が少し火照《ほて》ってきた気がする。

――いや、わかっている。私は、ひとつの区切りが今ようやくついたことを自覚して、その変化に高揚――としか言えない――を覚えている。

そうだ、この手紙は、区切りだ。ずっと抱いてきた、その形を変えても大切であり続けた私の感情の、ひとつの到達点。形が変わっているのだから、引きずってきたものは、どこかで終わりにしなくてはならなかった。それが今日、ここでというだけだ。

高校の頃からずっと、私を支え続けてくれていた感情。

短大のとき、本当に好きではない相手と、ずるずると堕落していかずに済んだのも。

社会人になって、槙原さんの、夫を信じているであろう奥さんを裏切らない人間性に感動できたのも。

会社を辞めて役立たずになっても、本当にだめにならずに済んだのも。

すべて、心のどこかで、この世界には信頼と優しさがたしかに存在していて、私はそれに触れたことがあるのだと確信していたからだった。

もう味わうことはないと思ったはずの、あの灼熱《しゃくねつ》の切なさが胸によみがえった。私はいったい、何度あの人に泣かされるのだろう。でも、これで最後。

圧倒的な熱に煽られて、涙があふれてこぼれる。

「ご……めんなさい。黒塚さん、私……こんな」

黒塚さんはなにも言わずに、そっとカウンターを離れ、バックヤードへ去って、私をひとりにしてくれた。

ここにも、優しい人がいる。

私のこともあづみのことも気にかけてくれ続けた先生と出会わなければ、私はそんなことにも気付かずに生きていたのかもしれない。

嗚咽《おえつ》を止めることができなかった。

今この瞬間を通り過ぎれば、もう二度と、私はこの、胸が切られるような甘く鋭い傷の感覚を、今と同じ鮮やかさで先生に対して抱くことはないのだろう。すべては思い出に変わって、感情は記憶へと変質していく。

涙とともにこぼれ落ちて、もう手に入ることのない、鮮やかで未熟なままの傷。

キスもしていない。抱きしめられたこともない。人から見れば鼻で笑われてしまうような、本気だったと言うにはあまりにも淡くて、頼りなかった想い。

それでも、先生が好きだった。

私はずっと、先生が好きだった。

その私と、今日でさようなら。

高校の頃、一日の授業を終えて教室を出るときに、毎日のように口にした言葉。

先生——さようなら。

あの頃の先生に、あの頃から私が抱き続けていた想いに。

これが、本当に最後の……さようなら。


「本当に申し訳ありません。私、なんと言っていいのか、本当にご迷惑を」

お店のドアの内側で深々と頭を下げる私に、カウンターから出てきてくれた黒塚さんが「いえいえ」と手を横に振る。

すでに日は暮れていた。さっき、私の涙でびっしょりと濡れたカウンターを黒塚さんが申し訳なさそうに布巾で拭いていたのが、大変恥ずかしい。

「お、お詫びはまた改めて……で、ではまた」

「はい」

店にひとりで大変だというのにコーヒーをタダ飲みし、挙げ句に何十分もぼろぼろ泣いて店を占拠するような客――お金を払っていないので、厳密には客ですらない――など、迷惑以外の何物でもなかっただろう。

逃げるようにドアを開けようとしたとき、私はくるりと振り向いて黒塚さんに言った。

「あの、私が言えた義理ではまったくもってないんですけど……こんなお客にいちいち付き合っていたら大変だと思いますので、本人のためにもはっきりと、厳しく接してやってもいいと思います」

本当にまったくもって私が言えた義理ではないのだけれど、黒塚さんの優しさが本人の負担になっていくようではまずいと思い、そんなことを言ってみる。

「心配ご無用です。僕が特別な対応をする相手は、限定されていますから」

「え？」

「以前、僕に聞きましたよね。ライバルはいるのかと」

「あ、はい」

そんなことが、たしかにあった。

「僕のライバルは、水路さんです。一方的にですけどね。だから、特別なんです」

「……私？」

なにを言われているのか、わからなかった。私が彼に匹敵し得るものなど、なにひとつないと断言できる。

「どこが、ですか……？」

「今日はお疲れでしょうから、また今度ゆっくりと言いますよ」

「は、……はい。では、また」

お店から出て、道を歩きはじめても、頭の中には疑問符が渦巻いていた。

ライバル？　私のどこが？

なにかの暗喩《あんゆ》か、あるいはお世辞の一環だろうか。いや、彼が私にそんなことをする必要もない。

電車に乗り、家に着くまで、私は黒塚さんの言葉の意味を考え続けた。

ベッドに入り、眠る瞬間まで、黒塚さんのことを考えていた。

疑問は解決しなかったけれど、いい夢は見られそうだった。ひとりきりのこの部屋で、こんなに安らいで眠るのは久しぶりだった。

静かな雨と、コーヒーの香り

次の日、月曜日は、雨だった。

お客さんも少なかったので残業の必要もなく、定時で仕事をあがった私は、黒手毬珈琲館へ向かった。朝から降り続いていた雨はこの時間には上がっていて、来るときに持ってきた傘は持たずにウォータールゥを出た。

いつもの、お客さんが途切れる時間帯。店内は笑顔で迎えてくれた黒塚さんと、私のふたりっきりだった。

「あの、昨日のライバルっていうの、どうしてもわからないんですけど。なぜそう思っていただいてるのか、教えてもらえません？」

「それはかまわないんですが。ただそうすると、きっと、別の告白もしなくてはならなくなるんです」

「……別の？」

「ええ。かまいませんか？」

「いいですよ、なんでも。じゃあ、教えてください」

私はカウンターでキリマンジャロを傾けながら、上半身を前傾させてそうせがんだ。

「じつは、僕が水路さんを初めて見かけたのは、もうずいぶん前なんです。水路さんがおそらく高校生で、僕が中学生のときでした。まだウォータールウはなくて、前身の工務店があった頃です。よくそこで、水路さんを見かけたんです。僕はここのすぐ近くが自宅で、あの工務店の前は通学路でしたから」

「そうだったんですか」

なんだか気恥ずかしい。

「僕は物心ついた頃から、コーヒー店をやりたかったんです。祖父であるマスターも格好よくて憧れてましたし。でも、両親は反対でした。マスターは父方の祖父なのですが、客商売の大変さを、父は息子として見てきましたからね。あんな苦労を僕にはさせたくないと言っていましたし、母も同意見でした。でも、小学校の終わりには僕も自分でもコーヒーが飲めるようになって、中学生の頃には焙煎もドリップも自分でやるようになり、焙煎したコーヒー豆の不良品を選り分ける手伝いを、祖父の横でしたりもして。道具を洗うのも、抽出の理論を本で学ぶのも、コーヒーにまつわることはすべて楽しかったんです。その頃にはもう、両親がなにを言おうとコーヒー屋になろうと決めていました。が……」

そこで、黒塚さんの表情が曇った。

「中三の春、きっと激しく反対されるだろうと思っていた両親は、僕が祖父のあとを継ぐと伝えても、たいした反応はしませんでした。以前にもお話ししましたけども、僕の両親の仲はもともとよくはなかったんですが、その頃には両親の夫婦関係はすでに破綻《はたん》していて、ふたりとも僕の進路になど興味がなかったんです。いつか、僕の塾の先生が、両親は僕の進学を望んでいたと言いましたが、それが進路として一番無難だったからなんです」

彼はそこまでひと息に話すと、一度息を吸って続けた。

「先生は塾でおこなった母との三者面談でも熱っぽく僕の進学を応援してくれましたが、母は肯定というより、相槌を打っていただけでした。拍子抜けして、進学を望んでいると思った両親への義理で塾通いをしていた僕は、張り合いをなくしてしまいました。自分など、もう両親にとってはあまり重要な存在じゃないんだと思ったら、僕が一生をかけようと思ったコーヒーの仕事も、なんだかくだらなく思えてしまって。我ながら現金なものですね、お恥ずかしい」

うつむいていた黒塚さんが顔をあげ、私と目が合う。表情には明るさがわずかに戻っていた。

「そんなときに、工務店に遊びに来ていたのでしょう、水路さんをよく見かけました。お仕事中らしいお父さんらしき方に、事務所の中でも外でもあれこれと話しかけていて、困り顔のお父さんを助けるように、ほかの社員の方が水路さんの話し相手を引き受けたりして。みなさん、楽しそうに笑っていました。僕が失くしかけていた家族の肖像が、そこにあるように見えました。ああいう家族に、うちだってなれるはずだと自分に言い聞かせたから、僕は両親に愛想を尽かさずに済んだんです。結局、離婚してしまいましたが、今でもふたりは僕の両親です。僕は祖父であるマスターに育てられたも同然ですが、それぞれに事情があったことも今はわかっていますから、ふたりを恨んではいません。そうなれたきっかけは、水路さんだったんです。ご本人はあずかり知らぬまま、ですけど」

まったく気付かなかった。思えばあの頃は、私が行けば工務店の皆がなにかとなく相手をしてくれていたので、さぞかし仕事中は迷惑だっただろうが、周囲からはそのように見えていたのか。

「けれど、ある時期を境に、その僕の恩人——水路さんに、異変が起きました。まず、工務店にやってくる頻度が目に見えて減りました。そしてたまに来ても、以前のような元気が明らかにありませんでした」

「ああ……たぶん、同級生といろいろあった頃です。自分でも、今までの私と少しちがってきちゃったな、と思ってましたから……」

「そうだったんですね。一時はほとんど見かけなくなって、でもそれは高校も出られて生活の形も変わったのでしょうから、当然だと思っていました。やがて工務店は閉められて、同じ場所に今のウォータールウができて。……そこで久しぶりに、水路さんをお見かけしたんです」

「私が――あそこで働きだした頃ですね。今年の、春頃……」

黒塚さんは、こく、とうなずいた。お店に顔を出してくれる前から、あの暗く役立たずの私をウィンドウ越しに見られていたのかと思うと、さっきに輪をかけて羞恥心が湧く。

「最初に間近で見たとき、目を疑いました。何年も経っているとはいえ、別人かと思ったくらいです。工務店へいらしていた頃の、あの溌剌《はつらつ》とした印象がまったく感じられなくて、まるでずっとなにかに怯えているように見えました。僕は買い出しや所用で、学生の頃よりもウォータールウの前はよく通ってたので、余計に目について。なにがあったんだろう、どんな思いをされたんだろうと、気になって仕方がありませんでした。水路さんは、僕にとっては大切な恩人でしたから」

「あ、いえ、そんな……私はこんな奴ですから、そんな、恐れ多い」

黒塚さんの顔が見られず、うつむいてぱたぱたと両手を横に振った。

「きっと、僕などにはわからないつらいことがあったのでしょう。ほとんど震えっぱなしでお店の中に座っているようにすら思えました。見ているのもつらかったくらいです。でも」

「……でも？」

黒塚さんが一度、言葉を止めた。下を向いていた私が顔をあげると、まっすぐに私を見つめる目と目が合った。

その、濃く深い褐色の瞳に吸いこまれそうだった。あの向こうにはコーヒーの海が広がっていて、黒塚さんはそこから生まれたのかもしれない。

「でもあなたは、僕の知る限りですが、一度も仕事を休んだりしなかった。来る日も来る日も、必ず水路さんはあの中に座っていた。手放してはならないものに、傷つきながら必死でしがみついているように見えました」

「…………」

私は夢中になって黒塚さんの話に聞き入っていた。

「その頃僕は、今まで必死で努めてきたここでの仕事に、倦怠感《けんたい》のようなものを抱きはじめていました。幼い頃とちがって、実際のコーヒー店での仕事に憧れや楽しさだけで向き合えなくなっていた。おもしろくないお客もいます。カウンターに立ちたくない日もある。もっと別の道も、もしかしたら自分にはあるんじゃないか。通信制の大学に行って学歴を得るようにマスターが強く勧めてきたのは、そのためでもあるんじゃないかと。心のどこかで、黒手毬珈琲館から逃げ出そうとしていたのかもしれません。そんな僕にとって、ウォータールウの机から逃げ出さないあなたは、ある種の教師のように見えました」

「い、いいえ、私があのお店に居続けてるのは、そんな大仰な理由じゃなくてただ──」

ただ──そう、ただ、本当にしがみついていただけだ。

場合によっては、逃げるのは悪いことではない。でも、逃げ方というものがある。あのときあの状態であそこから逃げ出していれば、私は本当にだめになると思って、最後の砦《とりで》にしがみついていた。

そんな私を、見てくれていた人がいたのだ。人が見れば笑いそうな、私なりの、ちっぽけだけど必死の決意を、酌み取って見つめてくれていた人が。

鼻の奥が痛くなった。

「僕は、そんなふうにして闘い続ける水路さんに負けまいと、初心に帰って仕事を続けました。だから、僕のライバルはあなたなんです。そのときは名前も知らないし、初めて買い物をするまでは声も聞いたことがない。でも、あの頃の僕にはあなたしか見えませんでした。マスターも、僕のバリスタとしての質が、あの時期から目に見えて上がったと言ってくれました」

黒塚さんは、真剣なまなざしで続ける。

「だからこそ、お店でお客さんと会話しているだけでもつらそうな水路さんは、見ていられませんでした。店用のスツールがほしかったのは本当ですが……どちらかといえば、水路さんに声をかけたかったんです。お礼が言いたかったし、助けてあげられるならそうしたかった。そのきっかけになればと思ってお店に入ったんですけど、ようやく今日言えましたね。ずいぶん、かかってしまいました」

気恥ずかしさから、カップで顔を隠すためにちびちびと飲んでいたキリマンジャロが、そのときついに底をついた。カップをソーサーに置く。私たちの間には、なにもなくなった。お互いの顔がはっきり見えている。

「黒塚……さん」

「はい」

「最初に言ってた、別の告白ってなんですか？」

黒塚さんの表情が、少し硬くなった。

「それは……」

黒塚さんが言いかけたとき、私の携帯電話が鳴った。

「す、すみません。えっと、――あ、兄です。ちょっと外に出ますね」

私はぱたぱたと黒手毬珈琲館の外へ出て、通話をオンにした。

「なに、お兄ちゃん。なんの用事？」

「なに怒ってんだよ」

「お、怒ってないよ。それで、なに？」

「いや、帰ったとこ悪いんだけど、お前今日、もう一回、店に寄れないか？　今どこにいる？　遠いか？」

どこもなにも、ウォータールウまで歩いていけるコーヒー店にいる。

「ちょっとだけでいいから、手伝ってほしい仕事ができちまったんだよ。明日、午後出社にしてもいいから。な、頼む」

私は店内に戻ると、黒塚さんにお会計をお願いした。

「ごめんなさい、話の、その……途中で」

「いいえ。また、ゆっくりお話しさせてください」

苦笑している黒塚さんにドアの外まで送ってもらって、私は外気を多めに吸いこみながらウォータールウへの道を戻る。

空は、だいぶ暮れかけている。

少し前までは、道行く人に怯えながら、早く日が暮れてしまうことを願ってこの道を歩いた。

今は、少しちがう。少しずつだけど、変わっていく。

兄に両手を合わせて拝まれながら残業を終えると、八時少し前だった。空模様が再び怪しくなってきていて、先ほどは置いていった傘を手にした。

ウォータールウを出ると、すぐに雨が降りはじめたので、傘をさす。往来の人たちも、折り畳み傘を取り出したり、小走りになったりしながら、駅へ向かっていた。

すっかり暗くなった駅までの道には、黒手毬珈琲館がある。

だんだん強まる雨の中、前を通りかかると、お店の中から漏れる暖色の光が、暗い路地を四角く照らしていた。

通り過ぎて電車に乗ってしまえば、それまでだ。でもとても、こんな気分のまま帰る気にはなれなかった。

そっとドアを押し開けようとしたら、中から女性客がふたり出てきた。すれ違って中へ入ると、黒塚さんが洗い物をしていた。

「あ、水路さん」

「……今のが、最後のお客さんですね？」

夜の店内は、夕方よりも、外界からの孤立感を強く醸しだしていた。雨音は響いているのに、それ以外は妙に静かで、変に緊張してしまう。

黒塚さんが、洗っていたカップを食器置きに入れて、まっ白なタオルで手を拭いた。

そして私に歩み寄ると、すぐ目の前で立ち止まる。

「今日は、もういらっしゃらないかと思いました」

「は、はい。来てしまいました……」

「来てくださって、ありがとうございます」

黒塚さんの目元と口元は、半分、柔らかい微笑を浮かべている。

「――水路さん。あなたは、僕の恩人であり、ライバルであり、大切なお客様でもあります」

「ど、どうも」

「でも僕はそれらとはちがう、もっと特別な人になっていただきたいと思っています。

僕もあなたにとって、そうなりたいと」

黒塚さんの顔が見られずに、下を向いてしまう。頬も、耳も、額も熱い。でも。

私は——私は。

「急だとは、自分でも思いますが。水路さん、僕は——」

「く、黒塚さん！」

なんとなく、その先を予感した私は唐突に遮った。

「はい？」

いきなりの私の大声に、黒いユニフォームが少し怯《ひる》むのが、だいぶうつむいた私の視界でもわかった。

「わ、私は、自分のことなんてなにもわかりません。これから私になにができるのかも、本当の私がどんな人間なのかも。この数年、いえ何か月かで、私はけっこう変わってたりするんです、性格というか、性質というかが」

「はい」

「黒塚さんには、私はとても好感を抱いてます。でもそれが、どんな種類の、どのくらいのものなのか、私にはわからないんです。そして、私がそんな状態なせいで、これから黒塚さんと気まずくなるのが、とても怖くって……」

私は、ぎゅっと目をつぶった。ひどく都合のいいことを言おうとしているのは、自分でもわかっている。この人が私に好意を寄せてくれているということが、どんなにありがたいことかということも。それに対して、今ははっきりしたイエスもノーも言いたくないという身勝手さも。

――失いたくない。この人も、この場所も。

今はまだ、私との関係性が変わらないでいてほしい。どんなに勝手でも、それが私の本心だった。

「そ、そう、それに、もうひとつ別の理由があります。私はつい昨日まで、ずっと山殻先生のことが好きだったんです。昨日までと言っても、昨日ひとつの区切りがついたというだけで、これからゆっくり、過去のことになっていくと思うんです。ですから」

「……ですから？」

黒塚さんの声が、いつもに輪をかけた柔らかさで私を促す。私はさらにまぶたに力を込めて、一気に言った。

「ですから……先生の方は整理がつきそうだから黒塚さんにします、なんてできるわけないじゃないですか……！」

数十秒か、もしかしたらもっと。

私たちの間に、沈黙が流れた。

小さな物音がして、私はようやく目を開けた。黒塚さんが、カウンターの椅子を引いてくれていた。

「すみません、立たせっぱなしで。どうぞ」

私は半泣きの状態で、ひとまず座る。黒塚さんは、ドアの外にクローズドの看板を出してカウンターの中に入った。

「あ、あのう？」

あまりの余裕な態度に拍子抜けしてしまう。そんな私に黒塚さんは優しく笑った。

「早まらなくて、よかったです。僕も、今、あなたを失いたくありませんから。続きは、またいずれということで」

「黒塚さん」

「あなたは、誠実な人ですね」

「ど、どこがですか？」

ハンカチで目元を拭いた。吸水性のいい布地に、すっと水分が吸われたけれど、泣き顔になってしまっているのはごまかせない。

「そんな顔をさせてしまったお詫びに、一杯だけ、召しあがっていただけませんか。少し落ち着かれてから出られた方がいいと思いますし」

──やっぱり、余裕だ。

私は、ハンカチを口元に当てて、こくりとうなずいた。

黒塚さんはエスプレッソを淹れると、そこへスチームミルクを注いでカプチーノをつくった。その上に、黄色くて細長いものをぱらぱらと散らす。

「どうぞ」

「この、のっているの、なんですか？」

「当ててみてください」

にこにことしている黒塚さんを前に、私はカプチーノに口をつけた。

穏やかな苦みとともに、柑橘系の酸味ある香りが鼻に抜ける。

「これ、もしかして、あのときのオレンジですか？」

「祖母が、オレンジピールにしてくれました。いかがですか？」

「おいしいです。いい匂い。おいしいに、決まってるじゃないですか」

コーヒーのまろやかで深い味わいの中に、オレンジピールの甘苦い爽快感が走り抜ける。

手に持ったカップからは、温かみが伝わってくる。

飾り棚に置かれた手毬が、ふと視界に入った。

黒塚さんたちにとって、お客さんがあの手毬のような存在なら。

私たちにとって、この珈琲館や、そのカウンターに立つ人たちも、またそうだ。

――いいコーヒー店にあるもの。いい店員さんと、いいお客。

黒手毬珈琲館のコーヒーは、おいしいに、決まっている。

カップの向こう側で、黒塚さんの姿がにじんでぼやけた。それは、湯気のせいではない。

雨は降り続いているはずなのに、その音は聞こえない。

雑音の消えたお店の中で、カプチーノのいい香りが、静かに私たちを包んでいた。

了

あとがき

この小説はもともと、インターネット上で開催された「小説家になろう」の『お仕事小説コン』というコンテストに向けて書いたものでした。

当初は、バリバリと仕事をこなす顧客満足度一〇〇パーセントの、痛快なスーパー社会人に主人公を務めてもらおうと思っていました。

しかし、気が付くと主役としてカメラがとらえていたのは、会社の中で傷ついて自信をなくし、立ち尽くしているひとりの女の人でした。そして彼女を救うきっかけになったのは、まったくの異業種の、彼女より年下の男性が勤めるコーヒー店。

はたしてこの人たちを描くことが小説になるのだろうかといぶかしみながらも筆を進め、なんとか形にしたあと、編集部様の多大なご助力があり、彼女達の物語をこうして今、手に取っていただいています。

ここに描かれているのは、本人たちにとっては大切なターニングポイントであり、同時にまだまだ続いていく彼女たちの人生の、ほんの一部でもあります。

この本の最後のページが閉じられて、それから少ししたあと、時折彼女たちのことを思い出していただけたら。

そのとき、この本の登場人物は、皆様と同じだけの時を重ねながら、呼吸を続けていくことでしょう。


筆者に、接客業の厳しさと楽しさを教えてくださった方々。

常に最高の一杯で、この卑しい魂を癒してくださるコーヒー店様。

サービス業とは、実施する項目は同じでも、担う人によってまったく異なる成果と印象を残すものなのだということを教えてくださった方々。

そしてこの本を開いてくださった皆様へ、登場人物に代わって目いっぱいの感謝を込めて。

彼女たちに出会ってくださって、ありがとうございました。

二〇一六年某月某日
澤ノ倉クナリ　拝

この物語はフィクションです。
実在の人物、団体等とは一切関係がありません。
刊行にあたり『お仕事小説コン』特別賞受賞作品、
『黒羊珈琲館のエチュード』を改題・加筆修正しました。

澤ノ倉クナリ先生へのファンレターの宛先

〒101-0003　東京都千代田区一ツ橋2-6-3　一ツ橋ビル 2F
マイナビ出版　ファン文庫編集部
「澤ノ倉クナリ先生」係

ファン文庫

黒手毬珈琲館に灯はともる
優しい雨と、オレンジ・カプチーノ

2016年5月20日　初版第1刷発行

著　者　　澤ノ倉クナリ
発行者　　滝口直樹
編　集　　水野亜里沙(株式会社マイナビ出版)　須川奈津江
発行所　　株式会社マイナビ出版
〒101-0003　東京都千代田区一ツ橋2丁目6番3号　一ツ橋ビル2F
TEL　0480-38-6872（注文専用ダイヤル）
TEL　03-3556-2731（販売部）
TEL　03-3556-2733（編集部）
URL　http://book.mynavi.jp/

イラスト　　六七質
装　幀　　徳重甫＋ベイブリッジ・スタジオ
フォーマット　ベイブリッジ・スタジオ
DTP　　株式会社エストール
印刷・製本　図書印刷株式会社

ISBN978-4-8399-5821-3
Printed in Japan

Fan
ファン文庫

空ガール！
～仕事も恋も乱気流!?～

やりたいことは空の上に全部ある
…はずだったのに!?

華やかな世界に憧れて日本《J》国際《I》航空《A》に入社した紗世はＣＡ７年目、理想と現実のギャップにもがいていた。あるとき新人・航の教育係に任命されるがトラブル続き。アラサー紗世の運命のフライトの最終目的地は!?

著者／浅海ユウ
イラスト／問七